目送歸鴻手揮五絃

俯仰自得遊心太玄嘉

彼釣叟得意忘筌郢

人逝矣誰與盡言

嵇康贈秀才從軍 戊戌初夏偉平書

丛书主编　戴伟华

魏晋清谈与诗歌

刘桂鑫　著

暨南大学出版社
JINAN UNIVERSITY PRESS

中国·广州

图书在版编目（CIP）数据

魏晋清谈与诗歌 / 刘桂鑫著. —广州：暨南大学出版社，2018.5
（诗歌中国）
ISBN 978 - 7 - 5668 - 2389 - 2

Ⅰ. ①魏… Ⅱ. ①刘… Ⅲ. ①古典诗歌—诗歌研究—中国—魏晋南北朝时代 Ⅳ. ①I207.22

中国版本图书馆 CIP 数据核字（2018）第 094204 号

魏晋清谈与诗歌
WEIJIN QINGTAN YU SHIGE
著　者：刘桂鑫
··

出 版 人：徐义雄
策划编辑：杜小陆　潘雅琴
责任编辑：亢东昌
责任校对：潘江曼
责任印制：汤慧君　周一丹

出版发行：暨南大学出版社（510630）
电　　话：总编室（8620）85221601
　　　　　营销部（8620）85225284　85228291　85228292（邮购）
传　　真：（8620）85221583（办公室）　85223774（营销部）
网　　址：http://www.jnupress.com
排　　版：广州良弓广告有限公司
印　　刷：佛山市浩文彩色印刷有限公司
开　　本：850mm×1168mm　1/32
印　　张：6.75
字　　数：130 千
版　　次：2018 年 5 月第 1 版
印　　次：2018 年 5 月第 1 次
定　　价：29.80 元

总　序

中国是伟大的诗歌国度，诗歌承载着内涵深厚的中国文化。"诗歌中国"的亮相，就是希望用诗来歌咏中国文化的灿烂辉煌。"诗歌中国"不仅要让人们了解诗与文化的关系，而且要让人们通过读诗来感悟中国文化的构成及其品质，体察中国文化的博大精深。可以说，一部中国诗歌史，就是一部中国诗歌文化史。

中国诗歌发展史以"诗""骚"为其发端，而又影响后世，并形成诗歌的"风"（《诗经》）、"骚"（《楚辞》）传统。

《诗经》展示的是西周初年到春秋中叶的文化画卷。孔子说："不学诗，无以言。"不学习诗，连话都不会说，当然指说出优美动听的话。不仅如此，结合孔子说的另一段话，所谓"言"还应指言辞中有丰富的文化内涵。孔子说："小子何莫学夫《诗》？《诗》，可以兴，可以观，可以群，可以怨。迩之事父，远之事君，多识于鸟兽草木之名。"（《论语·阳货》）这里说的要讲好话，需要认识社会、认识人与人之间的关系、认识客观世界的名物。孔子只是举其大概而言。事父事君和辨识事物之名，就是指文化内容。也可以说，"兴观群怨"是提升人际交往中表达的文化内涵。兴，是联想能力，比如《关雎》，本是要写爱情，却先说鸟的和鸣。《桃夭》是祝贺新婚的歌，"桃之夭夭，灼灼其华。之子于归，宜其室家"。以桃花起兴，这样写的好处，既含蓄婉转，又渲染主题。观，是观察能力。凡事未必能亲力亲为，但通过读诗可以丰富生活知识，如读《生民》就可以了解周始祖后稷及其农耕历史，知道作物之名：荍、禾、麻、麦、瓜、瓞，并知道如何形容其状态：荍荍、穟穟、幪幪、唪唪，这些词的基本意思是茂盛貌，但有细微差别，如果懂得用不同的词去表达相近的内容，那就能言了，于此才能体会孔子所说"不学诗，无以言"的真正含义。《硕人》对人物的描写，生动传神，"手如柔荑，肤如凝脂，领如蝤蛴，齿如瓠犀，螓首蛾眉，巧笑倩兮，美目盼兮"。一连串的比喻，写出美人的形貌神采。群，是合群能力，指在群体中适当表述，以达到和谐。读《诗经》的人每每惊叹于其"群"的能力。合群能力事实上是在平衡各种关系，其中最重要的是人际关系。《诗经》中对夫妻关系多有描写，如《伯兮》，讲女主人与其丈夫以及与君王的关系。"伯兮朅兮，邦之桀兮。伯也执殳，为王前驱。自伯之东，首如飞蓬，岂无膏沐？谁适为容！"伯，为女主人的丈夫，丈夫英武，为邦国杰出人才。丈夫拿着武器，听从君王的命令奔赴前线。在我、伯、王三者关系中，符合各自身份。在三者关系中又突出了"我"在丈夫离家后，甘心思伯而生首疾。"为王前驱"是夫妻分别的原因，这是女子以自豪的口吻来说的，表扬丈夫因为是邦中之杰而能为王前驱，从中也透出骄傲。怨，是批评能力。"怨"是讽刺，可以解释为批评技巧。《诗经》里怨诗不少，但因比喻而显得含蓄，其中《硕鼠》极具代表性。"硕鼠硕鼠，无食我黍！三岁贯女，莫我肯顾。逝将去女，适彼乐土。乐土乐土，爰得我所？"一般认为这是一首批判当政者的诗，《毛诗序》曰："国人刺其君重敛，蚕食于民，不修其政，贪而畏人，若大鼠也。"朱熹《诗序辨说》曰："此亦托于硕鼠以刺其有司之词，未必直以硕鼠比其君也。"朱熹的话比较可信。从诗的字面上看到的只是痛斥硕鼠破坏庄稼，所谓刺君或刺有司是字面以外的意思。这正符合"温柔敦厚"的诗教。

因为孔子诗学的逻辑起点是"不学诗，无以言"，学诗是"言"的需要而不是写诗的需要。所以说，理解"兴观群怨"之说，应该从"言"出发，掌握了诗的"兴观群怨"的言说技巧，讲话就会用"兴"，先言他物而引起所咏之词；用"观"，观察事物人情，以丰富而准确的语言表述意思；用"群"，在群体中明晰关系，并用恰当的言辞表述，以达到和谐；用"怨"，在批评的话语中以中庸的姿态出现，巧妙运用讽刺的手法，既能批评现实，又含蓄婉转。如达到孔子的要求，学诗以后就可以"言"了：可以"兴"言，可以"观"言，可以"群"言，可以"怨"言。

《楚辞》有鲜明的楚文化特征，宋代黄伯思在《新校楚辞·序》说："盖屈宋诸骚，皆书楚语，作楚声，记楚地，名楚物，故可谓之'楚辞'。"《楚辞》中屈宋诸人之作，都有明显的楚文化特征，其中涉及的神话故事、历史传说、风尚习俗都打上楚文化的印记。《楚辞》中对文化事项的描写也是多方面的，《天问》一篇对天地、自然、社会、历史、人生等提出173个问题。《招魂》中对建筑的描写："高堂邃宇，槛层轩些。层台累榭，临高山些。网户朱缀，刻方连些。冬有突厦，夏室寒些。川谷径复，流潺湲些。光风转蕙，氾崇兰些。"这里涉及了建筑及其环境。

唐诗宋词是中国文化辉煌的表现，也是反映文化的重要形式。唐诗名家辈出，文化内涵丰富。盛唐诗是诗歌发展的鼎盛阶段，李白、杜甫、孟浩然、王维、王昌龄、高适、岑参、李颀等大家名家的诗歌创作，表现了广泛的社会生活内容，形成境界雄阔、含蕴深厚、韵味无穷的"盛唐之音"。"诗仙"李白诗风豪放飘逸，"诗圣"杜甫诗风沉郁顿挫，被誉为唐诗史上的"双子星"。中唐是唐诗的中兴时期，韩愈、孟郊、李贺等人，不仅发展了杜甫诗歌奇崛的一面，还追求诗风的浑厚奇险。白居易、元稹等人则发扬杜甫的现实主义传统，作品反映现实生活内容，诗风通俗易懂。晚唐是唐诗发展的衰落期，但杜牧、李商隐诗歌自成一格，杜牧为晚唐七绝的圣手，李商隐则努力表现内心世界的情感体验，诗风凄艳浑融，具有极高的审美价值。

唐诗题材广泛，风格多样，其中山水田园、边塞题材诗在盛唐蔚为大观，在诗歌创作中追求奇险怪异和通俗易懂两派分立。

以王维、孟浩然为代表的山水田园诗人，继承了陶渊明、谢灵运写作田园山水诗的传统，他们的作品大多是描绘山水田园的自然风光，表现自己闲适隐逸的情趣。以高适、岑参为代表的边塞诗人，大力写作反映边地生活的作品，描写边地战争，表现出对建功立业的热情和对和平生活的渴望；同时也因描写边地风光和异域风情，拓宽了诗歌的表现领域。

中唐出现的奇险诗派和通俗诗派，表现出中唐诗人的开拓精神。以韩愈、孟郊为代表的奇险诗派，又称"韩孟诗派"，这一诗派在诗歌写作上好为奇崛，追求险怪，纠正了大历以来的平庸诗风，以新奇的语言风格和章法技巧来写作，进一步提升了诗的表现功能。以元稹、白居易为代表的通俗诗派，又称"元白诗派"。这一派在诗歌写作上重视写实、崇尚通俗，他们继承了古乐府的精神，自拟新题，缘事而发，在写作中以口语入诗，力求通俗易懂。

词的产生因燕乐繁盛，宋词是与唐诗并称的一代文学之盛。婉约、豪放争奇斗艳。婉约和豪放是就宋词的主要风格而言的，也是大略的划分，因此婉约和豪放也是相对的。所谓婉约是指文辞的柔美简约，作为词的风格，是以阴柔为审美特征的，内容上多写爱情、婚姻和家庭，也涉及羁旅行役、恋土怀乡等。其抒情注重细腻入微、委婉含蓄。而豪放则是指风格豪迈、无所拘束，作为词的风格，是以阳刚为审美特征的，内容上多涉及人生、社会的重大主题，如理想抱负、民族盛衰、国家兴亡和民生疾苦等。其抒情多慷慨激昂、乐观进取。最早提出词分豪放、婉约二体的是明人张綖，他在《诗余图谱》中说："词体大略有二：一体婉约，一体豪放。婉约者欲其词情蕴藉，豪放者欲其气象恢宏。盖亦存乎其人，如秦少游之作，多是婉约；苏子瞻之作，多是豪放。"后人则以此梳理宋词，纳入二体之中，遂有婉约、豪放二派。其实分宋词为二派，过于简单，但优点是能看出宋词的基本发展脉络。

人要诗意地栖居，诗意的核心价值和美丽姿色在文化母体中浸润、孕育、生长。诗的诞生，实缘于生活中诗意的发现。"物之感人"而有"舞咏"矣。钟嵘《诗品·序》云："气之动物，物之感人，故摇荡性情，行诸舞咏。照烛三才，晖丽万有，灵祇待之以致飨，幽微藉之以昭告，动天地，感鬼神，莫近于诗。"这就意味着：具有诗意的外物才能感动人心，因栖居而有诗意，才能写出诗歌，而诗歌又帮助人们生活得更具诗意。可补充一句："非陈诗何以展其义？非长歌何以骋其情。"人要诗意地栖居，构成了人和自然、社会的和谐，形成了诗性的文化生态。

从发生学角度看，"诗言志"的说法值得重新审视。诗首先是叙事。最早的素朴的诗歌已很难寻觅，通常歌谣的开篇是《吴越春秋》中的《弹歌》："断竹，续竹。飞土，逐宍。"宍，古"肉"字。虽然简短，但仍然可以看出其叙事的特征。叙事，是人类认识世界、认识事物最初的表现方式，此处论断可以稍微缓和一点：如抒情，是人类表现、摹写主体内在情感精神的手段。这样比较中和一点，可避免由对比叙事和抒情高下而带来的可能性的争议。当叙事时，人类不断认识客观世界；一旦对客观世界赋予个体情感并去表达时，抒情就出现了，以反映人类试图寻找精神世界与自身环境的沟通。

衡之心理学，儿童对外部世界的认识，应该是从具体认识抽象、从具体认识事物的客观属性再去评价客观事物，而诗歌（歌谣）从叙事到抒情再到言志的过程正和人类认识事物的过程是一致的。

诗的文化阐释，不仅要注意诗的本义，还要注意诗的衍义。在写作方面，必然表现诗本义，即诗的本来意义；在阅读方面，通常又会出现诗衍义，衍义即诗的推演意义。对诗的文化内涵理解的不同往往是诗本义和诗衍义的不同。

诗歌涉及中国文化的方方面面，如地理、交通、礼仪、婚姻、器物、音乐、绘画、书法、建筑、工艺、风俗、天文、宗教等。因此，中国诗歌文化史叙写可以是文化分类的结果。《文苑英华》所收诗歌分天部、地部、帝德、应制、应令、应教、省试、朝省、乐府、音乐、人事、释门、道门、隐逸、寺院、酬和、寄赠、送行、留别、行迈、军旅、悲悼、居处、郊祀、花木、禽兽26类。这一分类也可以视为诗歌中文化事项的呈现。本丛书尚不能包括所有文化类项，只是在文化与诗歌联系的某一方面或角度而立题，目前涉及的有诗与玄学、诗与科举、诗与神话、诗与隐逸、诗与山水田园、诗与民族、诗与文馆、诗与战争、诗与游戏、诗与绘画、诗与书法、诗与锦帛、诗与女性、诗与礼俗、诗与外交、诗与航海、诗与数字，另有诗与饮食、诗与养生、诗与送别尚在构思当中。当然，在选题的扩展中，我们想给读者一个诗与中国文化较为完整的知识体系。

美国学者克罗伯说："文化包括各种外显的和内隐的行为模式。"诗歌只是作为具体的载体而承担着对人类行为的说明，同样也是人类行为的文化观念、思维方式和情感取向得以阐释的文本。文化具有包容性，当诗歌成为其载体的一部分功能时，就会去表达文化意义，在文学、艺术、历史、哲学、宗教、民俗等角度参加文化的建构与创造。也许人们认识事物会追求概念，以形而上学的方式去了解历史、了解社会、了解文化的构成。诗歌虽不指向概念，但以其形象直观，而能了解文化的丰富性、复杂性，更为人们认识中国文化的构成提供活生生的图景。

本套丛书的作者和读者在写作或阅读的过程中或许会融入选择联想，把当下的文化体认、精神生活融入古代诗歌中，实现意义重构和有可能的价值置换。不过，社会的发展，物质文明的进步，并不能以失去传统为代价。相反，文化的母题总是在不断重现与强化，如故土故园、家国情怀、乡村归隐、民俗节庆，这些遥远的歌谣会永远回荡在高楼林立的都市上空。

本丛书旨在面向普通大众及海外华人、中文爱好者传播中国经典文化，践行学者的社会职责，也可以为专业研究人士提供参考。诗歌是中华文化的精髓，也是传统文化表现的载体。以诗歌与文化作为宏观视野，展开具体而微的讨论，形成大视野、大背景下的小范畴、新角度，追求学术性与可读性的合一。提倡深入浅出、明白晓畅、雅俗共赏、文采斐然的写作风格。强调著作要具有作者个性，同时也要考虑读者的需求与接受程度。

中国诗歌讲究"言不尽意""言有尽而意无穷"，也就需要读者有丰富的想象去领悟言辞之外的含义。所谓"言不尽意"并不是说言辞能力拙钝不足以表达情感和意志，也不是说言辞受客观情况的限制而不能畅快地表达思想和感情，而是说言辞有限而意义无穷。事实上，"言不尽意"在作者是有意追求的艺术效果，在读者则享有阅读过程中的想象和发挥。言不尽意的效果宛如一幅画："曲终人不见，江上数峰青。"

戴伟华

2017 年 4 月

前　言

　　汉末魏晋，是中国诗歌史上一个非常重要的发展阶段，有着独特的成就和地位。

　　文学的体制和风格，在古代称为"体"。从诗歌体制上看，这一时期四言诗复兴而五言诗确立了主导地位。四言诗自先秦《诗经》以后，创作极为寥落，这种沉寂的局面到魏晋才被打破。曹操、嵇康和陶渊明都取得了不俗的成就，王粲、曹丕、曹植、束皙、潘岳、陆机、陆云等诗人也都有名篇传世。但四言诗的复兴毕竟是回光返照，五言诗却像一颗优质的种子，遇到适宜的生长环境，又得到诗人精心的培养，从而开始茁壮成长，最终绽放出美丽的花朵，成为这一时期诗坛最迷人的靓丽景观。

　　个体风格、时代风格的形成是某一诗人、某一时代诗歌成熟的标志，是衡量诗歌成就的重要标准。这一时期，出现了不少个性鲜明的诗人，他们各有擅长的题材、体制及独特风格：曹操的乐府诗沉雄悲壮，曹丕的代言弃妇诗便娟委婉，王粲的悯世伤怀诗哀怨秀美，刘桢的咏物诗质朴劲健，嵇康的赠答诗清远高峻，阮籍的政治咏怀诗寄托遥深，潘岳的悼亡行役诗清绮缠绵，陆机的拟古诗繁缛华美，左思的咏史诗质朴深沉。曹植、陶渊明更是彪炳诗史的一流诗人。曹植骨气奇高而又辞藻华茂，是建安风骨最具代表性的诗人，对五言诗的发展起到相当关键的作用，而他作为文人失意的典型也强烈激发起后代文人的同情和归属感。陶渊明开创了田园诗这一新鲜题材，他平淡自然的诗歌是五言古诗发展的一个高峰。他具有不为五斗米折腰的固穷气节，又能安贫乐道富有人情味，随时随地在最普遍琐碎的生活中体验到新鲜，因而他的诗成为士大夫保持高洁自由人格的精神堡垒，也是保持心境新鲜灵动的活水源头。至于陆机，在唐以后身价陡减，但实际上他的诗歌创作及理论对整个六朝诗都产生了深远的影响。

又有建安体、正始体、太康体，形成了能够标示时代总体特征的风格。魏晋诗人，比之唐代的李白、杜甫、韩愈、白居易，比之宋代的苏轼、黄庭坚、陆游、杨万里等，显得不够"大"，在题材、内涵、技法、风格等方面都不够丰富多样，但他们筚路蓝缕的开创之功永远值得尊敬，也是留给后代诗人的一笔精神财富。

魏晋清谈由汉代的清议演变而来，但两者在内容、方式和功能等方面差异甚大。

汉代实行察举征辟制度，这是平民步入仕途的最主要途径。官员选拔的主要依据是"乡评"，要考察被征辟者的家乡对此人的议论，也就是了解此人在家乡的名声。一个人的声名越大，他被征辟的机会越多，他被征辟去担任的职务就越高。清议在这里指的是乡评。但是在东汉中后期，由于皇帝的昏聩、外戚宦官的轮流专权，政治非常黑暗，人才的选拔制度自然也受到严重的破坏，征辟者名实不相符的现象比比皆是，这既败坏国政，也严重地侵夺了士人的上进之路。比较清正的官僚、无官职的士大夫、中央及地方的学生相结合，在朝野形成一股庞大的反宦官专权的社会政治力量。他们"激扬名声，互相题拂（品评褒扬）；品覈（品评考核）公卿，裁量（甄别、衡量）执政"。这也是"清议"。所谓"激扬名声，互相题拂"，主要是让廉正的官吏、士人、太学生等互相标榜，在自己的群体中推举出一些优秀的人，给予他们名号，并按等级排列，有"三君"（为士林所共同推崇尊奉的人）、"八俊"（八位杰出的人）、"八顾"（能以德行引导他人的人）、"八及"（能够引导他人追随"三君"的人）及"八厨"（能以财物救助他人的人）等。这说明当时士大夫已经结成了有一定组织性的、独立于朝廷政治体制之外的庞大群体。所谓"品覈公卿，裁量执政"，即对公卿等执政者进行品评判定，主要是批评宦官专权乱政。清议，无论是早期局限于一乡（乡评）的还是后来发展到全国性的，都是具体评议朝廷人物任用的恰当与否，"东汉清议的要旨为人伦鉴识，即指实人物的品题"。① 用以衡量的标准都是名教礼数，包括儒家的伦理纲常以及朝廷察举的各种科目等。

---

① 陈寅恪：《魏晋南北朝讲演录》，贵阳：贵州人民出版社2008年版，第41页。

到了魏晋时期，清谈的内容、功能、方式等变得非常多样化。

清谈主要是析理求知。但理已经不是东汉的儒学政教之理，而是玄理。玄理主要包括"三玄"（《周易》《老子》《庄子》），以及由玄学家提出的新论题，诸如自然名教关系、有无关系、圣人有无情感、言能否尽意、音声有无哀乐等，也有名学论题。东晋佛教兴盛后，佛理也成为重要的辩论题目。在人物品评方面，就人物才智性情推测人物未来吉凶祸福的现象仍然在魏晋继续，《世说新语》中《识鉴》所记载的就是这方面的内容，但更多的是对人物的性情风度等进行总体的审美把握。《世说新语》所记载的《赏誉》《品藻》《容止》就是如此。品评的方式有时是概念化的语言，如钟会评"王戎简要，裴楷清通"；有时是非常形象的譬喻，如裴楷评夏侯玄"肃肃如入廊庙中，不修敬而人自敬"，"如入宗庙，琅琅但见礼乐器"，评钟会"如观武库，但睹矛戟"，评傅嘏"汪翔（水势浩大）靡所不有"，评山涛"如登山临下，幽然深远"。也有两者兼用的。

清谈的功能不单单在析理求知或人才的品评选拔。在两晋，擅长清谈才能进入士族圈子，获取名士资格，所以清谈是重要的社交方式，非常有利于提升社会地位及进入仕途。清谈是名士日常聚会的主要活动内容，在比较重要的礼俗节日，如修禊、婚宴等，也常进行，所以清谈也成了极具观赏性、娱乐性的智力竞赛。清谈的内容自然重要，但同时清谈者也非常重视清谈时辞气的轻重疾徐、神情姿态等，即由义理、辞气、姿态神情等构成的整个人所体现的风韵，可以说清谈是士族展现自我形象的艺术手段。

"清谈"未必"误国"，人们之所以认为"清谈误国"，是因为古代腐朽的政治制度。士族是魏晋南北朝社会的主导阶层，其中最高级的士族长期占据政权的主要职能部门，甚至可与皇权相抗衡，可他们却偏偏鄙视勤政，日夜沉溺于清谈，认为这样才清高脱俗。把荒废政务、尸位素餐合理化甚至高尚化，这岂能不导致政治机能的瘫痪和社会秩序的失控？而这些人却依赖于门阀政治，成了国家的领导执政阶层。所以清谈与士族、门阀政治制度是共生共灭、共荣共毁的关系，士族、门阀政治消亡，清谈也就自然风光不再。

如果要用一个词来概括魏晋清谈与诗歌，那就是"长物"，即多余之物。魏晋诗歌由原来的侧重教化转变为侧重抒发私人性的情志，更讲究艺术形式美；清谈由干预社会政治的舆论转变成析理，再转变为身份的象征和表现自我的艺术手段。至于魏晋最为推崇的名士人格，乃是一种深具玄理、清逸而无用的人格。长物的性质都非常突出。但无用也有其用处，即所谓"无用之用"。它们虽非生活必需品，却是中国古代文人构筑精神世界不可或缺之物，寄托了古代文人的审美情趣和品格意志，是古人生活品位和生命追求的"美"之显现，是生活趣味和生活热情背后的诗意与优雅的表达，婉约深情，温暖美丽。明代文震亨著有《长物志》

一书，分门别类介绍闲适玩好之事，纤悉毕具，高雅脱俗。"身无长物"一词凑巧也出自东晋末士族大名士王恭之口，他还说过"名士不必须奇才，但使常得无事，痛饮酒，熟读《离骚》"的话，所以著者借"长物"一词表达对魏晋清谈、诗歌乃至士族的性质和功能的总体看法。

关于这本小书，还有几点要略作说明。

第一，本书不侧重研究清谈对于诗歌的影响，而是把清谈与诗歌并置一处加以分析，考察潜藏于两者之中的共同质素。

第二，本书对魏晋风流评价高，而对魏晋名士评价则一般，因为两者有联系，更有区别。前者是人格理想的表征，即冯友兰所说的，同时具备玄心、洞见、妙赏、深情四个条件的一种人格美；后者是曾经存在于某一特定历史时期的真实人物群像。现实与理想总存在着差距，而在魏晋名士标榜、追求风流的过程中，这种差距更加明显。总是存在着"取法乎上，仅得乎中"的情况，甚至是大量的"画虎不成反类犬"或"东施效颦，益增其丑"的情形。①

---

① 这种差距在当下更需强调，因为部分读者、研究者常常会把魏晋名士抽离出具体的历史场景，又往往会因为现代官员、知识分子相分离而忽视魏晋名士除了士大夫还有个甚至更基本的身份——官员。也会因为现代学科的分工，从不同的学科出发，给予他们决然不同的评价，比如经常会从哲学、美学角度大力赞扬魏晋名士的本体论是真正的、纯粹的哲学，赞扬他们的审美意识奠定了中国审美的根基，建立了中国的美学体系等。又或者从历史、政治、伦理角度出发抨击他们毫无社会责任感、无所作为、尸位素餐、腐朽堕落等。至于借古人以浇胸中块垒、借古讽今的读书方式更是自古及今皆然。

第三，我们对于魏晋风流、清谈的了解，很大程度上为《世说新语》所左右，但我们必须要特别注意，编纂者其实是身处贵族衰落时代之际对往日荣光的追忆与缅怀，这种礼赞未必是假的，只是不提或少提他们丑陋的一面而已。就像我们成长后追忆童年、富贵后追忆昔年贫贱生活一样，多是充满诗意的。当然，我们也要提醒自己，我们赞美出淤泥而不染的荷花，却不能对污秽的泥土也不加区别地赞叹。

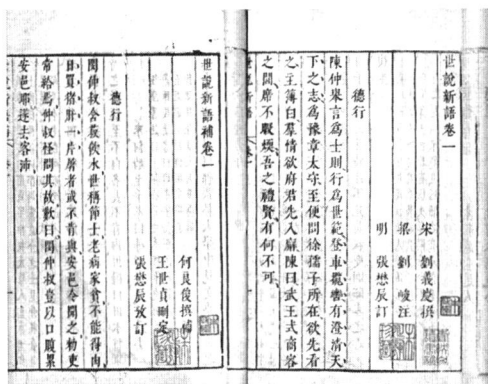

《世说新语》书影

第四，著者对于诗歌，不娴考证而偏嗜艺术形式；专业为文学，而自本科起便对于哲学、宗教、心理学有所涉猎。故对于某些典籍的解释较多样化。期与读者"奇文共欣赏，疑义相与析"！

目　录

第一章　魏晋时代特征

第一节　兵连板荡

　　魏晋是一个什么样的时代？这是一个"大一统"社会秩序（皇权、中央、"罢黜百家，独尊儒术"）全面崩溃的时代，是善恶、美丑极端呈现的时代。魏晋社会相当动荡黑暗，是典型的乱世。

　　东汉中期起，外戚宦官相互争斗、轮流擅权专政。两者都是依附于皇权的毒瘤、痈疽，危害极大。关于东汉外戚，范晔说："东京皇统屡绝，权归女主，外立者四帝，临朝者六后，莫不定策帷帝，委事父兄，贪孩童以久其政，抑明贤以专其威。"（《后汉书·皇后纪序论》）东汉为什么会形成严重的外戚专权的局面呢？因为东汉皇帝经常无子嗣，在皇帝病重、驾崩到新皇帝确立之前，会出现一段皇权的空缺，这个空缺期即由皇后行使权力。皇后不能与朝臣见面，自然委事父兄。皇后和外戚为了独占权力，便选择年幼的宗室作为新皇帝，并且抑制有才干的大臣，以达到长期专政的目的。结果呢？范晔又说："任重道悠，利深祸速。身犯雾露于云台之上，家婴缧绁于圄犴之下。湮灭连踵，倾輈继路。而赴蹈不息，燋烂为期，终于陵夷大运，沦亡神宝。"（《后汉书·皇后纪序论》）任重道远，利益巨大会迅速招来灾难。太后被幽禁，她的家族也会被囚禁于监狱之中。一个个外戚家族接踵覆灭，与国家政权同归于尽。我们看到东汉外戚与皇权共生共灭的关系，看到外戚对权力财富飞蛾扑火式的攫夺，贪得无厌，至死方休。宦官也是如此。

汉末有民谣："小民发如韭，剪复生；头如鸡，割复鸣。吏不必可畏，民不必可轻！"官吏荼毒百姓如同割韭菜宰鸡鸭一般，而百姓也极端愤慨。184 年，最终爆发了大规模的黄巾军起义。189 年，董卓率军入据朝政，这是我国历史上第一次军阀主政。董卓实行血腥统治，"狼戾贼忍，暴虐不仁，自书契以来，殆未之有也"（《三国志·董二袁刘传》）。

196 年，被挟持到长安的汉献帝逃回洛阳，极其凄凉。洛阳宫殿烧毁殆尽，巷陌荒芜，高级官员只能亲自披荆斩棘，住宿在断壁残垣之中，低级官员都要出去砍柴，采摘野菜野果，有些人甚至活生生饿死在墙壁间。伏皇后在逃跑过程中，仍然手持着数匹缣，护卫的将领董承为了抢劫这数匹缣，甚至命令部下持刀威胁伏皇后，又杀了皇后的侍女，鲜血溅到皇后身上。皇后的尊贵、侍女的生命，都不值几匹缣的价钱。皇帝皇后、朝廷公卿百官尚且如此，平民百姓之悲哀可以想见。

初期联合讨伐董卓的关东诸侯，随之各自为政，开启了军阀混战。虽然曹操逐步消灭了各军阀，统一了北方，但赤壁之战败于孙权、刘备联军，形成三国鼎立局面，依然争战不断。"铠甲生虮虱，万姓以死亡。白骨露于野，千里无鸡鸣。生民百遗一，念之断人肠"（曹操《蒿里行》），"出门无所见，白骨蔽平原"（王粲《七哀诗》）。

曹操去世后，曹丕立刻逼汉献帝让位于己，在 220 年建立魏朝。曹魏后期，阴险毒辣的司马懿父子竭力篡权。夺权的道路处处刀光剑影，血迹斑斑。249 年司马懿发动高平陵政变，诛杀曹爽、何晏一党，又索性大开杀戒，一时"天下名士减半"。司马懿的儿子司马师、司马昭又接连镇压了企图以武力反抗的王凌、文钦、诸葛诞，史称"淮南三叛"。在京城又诛杀了夏侯玄、李丰、张缉、许允等。诚如史书所说，"魏晋之际，天下多故，名士少有全者"（《晋书·阮籍传》）。最终，年轻气盛的皇帝曹髦不甘心当摆设，愤慨于"司马昭之心，路人皆知"，率领着宫中的几百个老弱残兵攻打司马师，被司马师部将的长矛贯穿胸膛，当场死亡。

263 年，钟会率大军攻灭蜀国，后又据蜀反叛，虽然叛乱很快被平息，但胜利引发了新的战争，钟会由大功臣转眼间变成逆臣，足见统治阶层内部矛盾的尖锐和人情的反复无常。265 年，司马炎取代曹魏建立晋朝。280 年，晋灭东吴，统一中国。西晋获得了短暂的繁荣稳定。但西晋毕竟是一种低层次的统一，随着 290 年晋武帝去世，其子司马衷继位，长期积累的矛盾最终迸发。

司马衷的外祖父杨骏辅政，作威作福。皇后贾南风是一个有强烈权力欲、阴险有手段的人，她先密令楚王司马玮除掉杨骏、汝南王司马亮、大臣卫瓘等，后又以矫诏擅杀大臣的罪名处死楚王玮，独揽大权。杨、贾两外戚争权之后，更引发了宗室之争，由政争演变成大规模的军事冲突，史称"八王之乱"。"八王"即汝南王司马亮、楚王司马玮、赵王司马伦、齐王司马冏、长沙王司马乂、成都王司马颖、河间王司马颙、东海王司马越八王。299年，贾南风废黜了非亲生的太子司马遹，后又把他毒死。赵王司马伦借机发动政变把贾南风一伙处死。之前的楚王、汝南王只是杨、贾两外戚争斗的配角，至此，则是宗室为争夺权力向外戚发起的进攻。称帝的司马伦很快被齐王冏等杀掉，接着，司马乂等杀司马冏，司马颖、司马颙杀司马乂。这场史上屈指可数的严重的皇族内乱、丑陋的同室操戈，最终以司马越的胜利结束。但司马越仍然像其他诸王那样利欲熏心，好猜忌、好杀戮，面对随乱崛起的五胡政权以及西晋内部的分崩离析，最终于314年忧惧而亡。他的棺材被羌族首领石勒焚毁，他的世子司马毗及其他宗室共三十六王俱被杀，他的妻子裴氏为人所掠夺贩卖。他生前率领的数十万军队，"石勒以骑围而射之，相践如山。王公士庶死者数十余万。王璋焚其余众，并食之"（《晋书·司马越传》）。这是多么残虐的屠杀。在这场大动乱中，比较正直有才干的官员，如张华、裴頠，都被杀害。许多有文才的官员，如石崇、潘岳、欧阳建、陆机、陆云、挚虞等，都死于非命。311年，匈奴贵族刘渊攻破洛阳，俘虏晋怀帝司马炽。317 年，刘聪攻破长安，俘虏晋愍帝司马邺。两位皇帝都是受尽羞辱后被杀。匈奴、鲜卑、羯、羌、氐等少数民族乘乱崛起，西晋灭亡，史称"永嘉之乱"。

大量士族、流民避乱南迁，这是我国历史上最大规模的民众迁徙活动之一。避难的名士卫玠渡江时，对着浩浩荡荡的长江，无限感喟："对此茫茫，百感交集。"这正是士族在国破家亡时前途未卜、四顾茫然的心境。

司马睿在南北士族的拥护下于建康（今南京）建立东晋政权，勉力支撑。当时物力极其穷匮。一只小猪都会被百官认为是非常难得的佳肴，小猪脖子下的肉更是鲜嫩可口，每次朝臣都会迫不及待地将其献给皇帝享用，称为"禁脔"。东晋 100 年，同样是内外祸患交迫，兵连祸结。早期是王敦两次率军进攻都城，接着是流民帅苏峻等叛乱。中期是殷浩、桓温的几次北伐，以及 383 年东晋与前秦的淝水之战。

晋孝武帝司马曜和他的亲弟弟、宰相司马道子是典型的昏君乱臣。《晋书·司马道子传》说司马道子"地则亲贵，任惟元辅，耽荒曲蘖（指酒），信惑谗谀。遂使尼媪（尼姑、保姆）窃朝权，奸邪制国命，始则彝伦攸斁，终则宗社沦亡……道子实晋朝之宰嚭者也"，又说"道子昏凶，遂倾国祚"。先是王恭、殷仲堪等强藩联兵两度进攻建康，接着是桓玄篡位、道教徒孙恩暴动，最后北府军将领刘裕平定各叛乱势力，并多次进行北伐，最终于 420 年取代东晋，建立宋朝，史称刘宋或南朝宋。

第二节　门阀士族

门阀士族是魏晋时期形成的一个社会阶层，在社会方方面面处于主导地位。理解这个阶层是理解魏晋社会的关键。

一

士族在书籍记载中有许多不同的称呼，其中比较常见的是"世家大族"和"门阀士族"，这两个词比较准确地反映了士族这个社会阶层的特点。

东汉著名的宗族，特点是"世"和"大"，即世代承继和聚族而居。他们在社会上有势力，无论做官与否，社会影响都比较大。如陈寔，他"在乡间，平心率物。其有争讼，辄求判正，晓譬曲直，退无怨言。至乃叹曰：'宁为刑罚所加，不为陈君所短。'……自是一县无复盗窃"。（《后汉书·荀韩钟陈列传》）陈寔并非官吏，民众有争讼不找县官却找他评判，这除了他用心公正、明辨是非曲直外，还在于他是地方的豪族。又比如范滂、岑眰。"汝南太守宗资任功曹范滂，南阳太守成瑨亦委任功曹岑眰，二郡又为之谣曰：'汝南太守范孟博，南阳宗资主画诺。南阳太守岑公孝，弘农成瑨但坐啸。'"（《后汉书·党锢列传序》）功曹是太守的主要属吏，负责官吏的选拔考核。"主画诺"指仅负责签字表示同意，"坐啸"是闲坐啸歌。一个郡，权力最大的自然是太守，但为何太守成了点缀的摆饰，而功曹却成为实际上的太守呢？那也是因为范滂、岑晊都是当地的世家大族。

"门阀士族"这个词最能概括魏晋士族的特点。一是"族"，二是"士"，三是"门阀"。

"族"是宗族、家族。在同一宗族内部，各成员在地位、才干等方面自然有尊卑亲疏高低等区分，但在中国传统的礼制、法律中，各成员又都能共享同一宗族的荣耀特权。谢安出仕非常晚，长期挟妓遨游东山，过着清谈诗酒的飘逸生活，也因而享有盛誉。但谢氏家族的地位，主要不是靠谢安的声望来维持，而是靠谢安的兄长谢尚、谢奕，他们是接连担任豫州刺史的显宦，是手握精兵的强藩。有兄长维持家族地位，谢安自然可以标榜不仕，完全遗落世事，宅心事外。但随着谢尚、谢奕逝世，接替的谢万傲慢无才，谢安便一直伴随在他这个从弟身边，全力协助，但不做官。等到谢万北伐失败被废黜后，谢安便只能出仕了。他因此遭受了时人不少嘲讽，有些甚至是当面的，尖酸刻薄，但他也只能尴尬地一笑了之。这是没有办法的事，因为士族地位，除了"计门资"，还需"论势位"。谢万一被废黜，谢氏家族的"势位"便丢失了，这必须由谢安去争取回来。谢安，包括其他谢氏家族成员，之所以能悠游岁月，潇洒风流，是因为有谢尚、谢奕等人据有"势位"，同理，等到谢安、谢玄等人据有"势位"，尤其是在淝水之战立下不世之功后，谢氏家族的地位因为谢安、谢玄升到顶峰，其他家族成员自然便可高标清高而不仕了。

"士"的主要含义有二：有文化的人；士者，仕也，即做官。孔子"学而优则仕"的话大致能包括"士"的这两个意思。文化是成为士族的必备条件，有时甚至是非常关键的条件。没有文化的武力强宗不被承认为士族。士族的文化，在东汉主要是儒学谶纬，汉魏之间则兼有名法等诸子学，两晋则主要是老庄玄学。至于仕，在东汉主要通过察举征辟制度进入仕途，罢官则回家乡授徒著述；两晋则沿着九品中正制入仕，仕或隐区别并不太大，因为他们标榜"居官无官官之事，处事无事事之心"。他们做这个官，只享受这个官所带来的权力、俸禄等好处，并不担任这个官所本应该有的职务，并且也根本不放在心上，认为这样才是高尚脱俗，所以说"无官官之事""无事事之心"。他们做着官，却过着隐士的生活。

在东汉，"居官者即使累世公卿，在朝廷也不一定有很大的实权。而魏晋士族，其特点是世居显位。只要他们权势在手，濡染玄风，而又慎择交友，取得名士地位，就算士族。反过来说，士族身份又可以巩固权位。当然，士族权位的轻重也因时而异，在魏和西晋，士族还得依附于皇权，而东晋居高位的士族，其权势甚至得以平行或超越于皇权之上"①。

---

① 田余庆：《东晋门阀政治》，北京：北京大学出版社2009年版，第302－303页。

门阀即门第。世家大族、出仕及文化的积累，三者俱备即形成门第。门第保障了士族政治经济社会等方方面面的特权，故而士族特别重视门第，斤斤计较，寸步必争。

士族与庶族之间有一条不可逾越的鸿沟，这由来已久。东汉王充所著的《论衡》一书，是中国思想史上的优秀著作。但王充出身"细族孤门"，有人便嘲笑他："宗祖无淑懿之基，文墨无篇籍之遗，虽著鸿丽之论，无所阶禀（凭借禀受），终不为高。夫气无渐而卒（通"猝"，突然）至曰变，物无类而妄生曰异，不常有而忽见（通"现"）曰妖，诡于众而突出曰怪。吾子何祖？其先不载，况未尝履墨途，出儒门，吐论数千万言，宜为妖变。安得宝斯文而多贤？"（《论衡·自纪》）对方虽然承认《论衡》是"鸿丽之论"，但王充出身"细族孤门"，父祖都没有学术或道德方面的声誉，像王充这类"无所阶禀"却突然能"吐论数千万言"的人，只能算是变异妖怪了，可见那时人们对门第的偏见之深。

《世说新语·贤媛》记载一则西晋的故事，安东将军周浚一次外出打猎，突遇大雨，寄宿在一户富足的人家中。恰巧这家所有的男人都外出，女儿李络秀就带着一个奴婢在很短的时间内准备好了几十个人的丰盛饭菜。周浚觉得这个姑娘才与貌都相当优秀，便要求她做妾。一听到做妾，李家自然不同意，李络秀说："门户殄瘁，何惜一女？若联姻贵族，将来或大益。""门户殄瘁"并非说没有钱财或家族势力不大，主要是因为没有取得士族、贵族的身份。作了妾的李络秀生了两个儿子，长大后都成了名人。李络秀就对他们说："我所以屈节为汝家作妾，门户计耳。汝若不与吾家作亲亲者，吾亦不惜余年。""作亲亲"是娶为妻，不是妾，两者地位悬殊如天与渊。母亲不惜以死相逼，两个儿子自然照办，"由此李氏在世，得方幅齿遇"。就是说，李家通过与周家正式的联姻，获得士族身份，在社会上就能公然和周家处于对等地位了。《世说新语》赞扬李络秀是"贤媛"，贤就贤在牺牲自我、忍受屈辱而提升了家族的门第。

东晋门第观念变本加厉，刻板而不可通融。《世说新语·赏誉》提到谢朗做著作郎，要作一篇《王堪传》，但不知王堪是什么人，就询问叔父谢安。谢安答曰："世胄（王堪的字）亦被遇（受朝廷赏识）。堪，烈之子，阮千里（阮瞻）姨兄弟，潘安仁（潘岳）中外（舅表兄弟），安仁诗所谓'子亲伊姑，我父唯舅'。是许允婿。'"为人物作传本应重点写人物的道德、功业和才能，但谢安大谈特谈王堪的社会关系。史书都会写传主的出身，一般仅限于点明父祖，有时会提到更显赫的叔伯等，但都属于父系血亲，至于姨表舅表岳父等属于母系妻系等外亲的都无须提，谢安却都详细地说了。在这种复杂的内外亲属的坐标中，人物的身份便凸显出来了，这鲜明地反映了两晋门阀士族的特点，他们的门第观念不但包括父系，也包括母系妻系。因为婚姻关系是维持门第地位的重要力量，所以评论人物自然也就内外亲属兼重了。《世说新语》把这一则故事编入《赏誉》，是赏誉王堪的门第，也是赞扬谢安对王堪门第的熟悉，这在当时是非常受重视的学问。著作郎是史官，负责编修国史。按东晋史官制度，著作郎初到任，要先为一位名臣作一篇传记，用以考核其是否有写史才能，尽管谢朗对于王堪这样的名臣一无所知，却仍然能担任著作郎一职，也是他谢家作为最高级门第的荫庇。

琅琊王氏与高平郗氏为东晋最显赫的高门大族，家族累世通婚。他们的婚姻情况如何呢？《世说新语·雅量》："郗太傅在京口，遣门生与王丞相书，求女婿。丞相语郗信：'君往东厢任意选之。'门生归白郗曰：'王家诸郎亦皆可嘉，闻来觅婿，咸自矜持。唯有一郎在东床上坦腹卧，如不闻。'郗公云：'正此好！'访之，乃逸少，因嫁女与焉。"这便是"东床坦腹""东床快婿"的来历。郗鉴是太傅，位高权重，能娶王氏的女儿自然是梦寐以求的事，所以王家诸位年轻人相当矜持。但刻意保持形象的庄重严肃，既表现追名逐利之心，也会显得矫揉造作。在这一帮故作矜持的人的衬托下，东床上坦裸着肚腹，悠闲卧着的王羲之，更显示出他超然物外的清逸从容，而郗鉴恰恰也赏识这种率真旷达的精神境界。"东床坦腹"成了表征魏晋风流最有名的故事之一。但我们不要忘了，这则故事发生的背景是"郗太傅在京口，遣门生与王丞相书，求女婿"，即择婿是先择门第后才择人。

这个曾经"东床坦腹"的王羲之，写信向郗昙为他的儿子王献之求婚。他的求婚信如下：

十一月四日右将军、会稽内史、琅琊王羲之敢致书司空高平郗公足下：上祖舒，散骑常侍、抚军将军、会稽内史、镇军仪同三司，夫人右将军刘（缺）女，诞晏之、允之，允之建威将军、钱塘令、会稽都尉、义兴太守、南中郎将江州刺史、卫将军，夫人散骑常侍苟文女，诞希之、仲之。及尊叔廙，平南将军、荆州刺史、侍中骠骑将军武陵康侯，夫人雍州刺史济阴郗说女，诞颐之、胡之、耆之、羡之。内兄胡之，侍中、丹阳尹、西中郎将、司州刺史，妻常侍谯国夏侯女，诞茂之、承之。羲之妻太宰高平郗鉴女，诞玄之、凝之、肃之、徽之、操之、献之。肃之授中书郎骠骑谘议太子左率，不就；徽之黄门郎；献之字子敬，少有清誉，善隶书，咄咄逼人。仰与公宿旧通家，光阴相接，承公贤女淑质直亮，确懿纯美，敢欲使子敬为门闾之宾，故具书祖宗职讳，可否之言，进退唯命，羲之再拜。（《全晋文》）

这篇求婚信虽写得非常刻板枯燥却十分有"味"。本来最应浓墨重彩介绍的王献之却只有一句"字子敬，少有清誉，善隶书，咄咄逼人"，轻描淡写了事。重点叙述的是家族谱系。从祖父王舒、尊叔王廙到内兄王胡之，这是血脉传承。每人的介绍又离不开两点，即仕途履历和婚姻关系，因为"仕"与"婚"是维持门第的两大支柱。为何要向郗家求婚呢？因为两家是"宿旧通家"，王羲之妻郗璿是郗昙之妹，则王献之与妻子郗道茂即是舅表。信的末尾说"欲使子敬为门闾之宾（即成女婿）"，"故具书祖宗职讳"，因为"祖宗职讳"跟"宿旧通家"都是婚姻最重要的条件。

那么这"宿旧通家"的关系又如何呢?《世说新语·贤媛》:"王右军夫人郗夫人谓二弟司空、中郎曰:'王家见二谢,倾筐倒屣,见汝辈来,平平尔。汝可无烦复往。'"郗璿跟自己的两个弟弟司空郗愔、北中郎将郗昙说,王家见谢安、谢万两兄弟来,倾尽所有招待,迎接时迫不及待连鞋子都穿反了,但见你们来,普普通通,你们以后不用再频繁来串门了,无须自讨无趣。为什么郗璿会说这样的话?因为郗氏、谢氏两家族势力在这个时期出现了明显的消长。郗家自郗鉴之后,家族地位已经下降,虽然郗愔仍然担任司空、郗昙仍然担任北中郎将。而谢氏的地位却急遽上升,炙手可热。亲情敌不过权势。这时王献之母郗璿还健在,但王献之兄弟根本没顾虑到母亲的感受,这就难怪郗璿要那么感慨世态炎凉了。此时的王献之兄弟,跟那个"山阴访戴"、对着竹子说着"何可一日无君"的脱俗深情形象,差异是如何巨大啊,以致我们不禁要问,他们究竟是擅长作秀表演,还是有双重人格?

二

两晋士族存在着非常明显的矛盾,这从门第方面能得到较好的解释。

在伦理纲常方面,他们蔑视忠君思想,却极为重视孝德。"二十四孝"中有六位是魏晋人。情感上,他们高标"情之所钟

（聚集），正在我辈""一往情深"，乃至"为情而死"，对哲学、艺术、山水乃至动植物都充满着深情，但就偏偏对社会政治、民生疾苦非常冷漠，大有先秦杨朱"拔一毛而利天下不为也"的自我表白，缺乏社会责任感是魏晋士族最大的问题。因为两晋世族门阀垄断中央政权，九品中正制成为门阀贵族仕进、升迁和垄断政治的工具，进一步确立了"举贤不出世族，用法不及权贵"的政治准则，导致了"贵仕素资，皆由门庆，平流进取，坐至公卿"的现象。高门士族世代担任高官美职，寒门地主则无晋升之阶，忠不忠君、能否治政济世与他们的仕途升迁关系不大。

在对待礼制方面，他们恣情任性，不遵尊卑等级观念，因而被评为极解放、极自由，但实际他们树立起了更严格的尊卑等级标准，即门第。士族严格区分士族与庶族，士族内部又区分高等次等、新出门第与旧族门第。士族在交友婚姻方面严格遵守"不交非类"的准则，"类"即是门第要对等。严格遵循这一原则的即会被誉为简贵、方正，不遵循的即被批评为"秽杂"。充其量，士族所谓的解放、自由只是用一条新规则代替旧规则而已。王坦之著《沙门不得为高士论》，主旨是"高士必在于纵心调畅。沙门虽云俗外，反更束于教，非情性自得之谓也"。意思是高士应该是解放心灵使之和谐顺适，和尚虽然说是超然于世俗之外，但反而又受佛教戒律所束缚，不能做到性情自得。我们也可以说，门阀士族打破了儒家的条条框框，却又为自己所制造的门第观念所束缚，焉能达到他们所标榜的性情自得？

对社会、历史的贡献而言，魏晋士族创造了非常灿烂的思想文化、艺术及科学技术，"魏晋风流"作为一种清逸的理想人格，至今仍然散发着无穷的魅力。但是，他们又是魏晋南北朝社会长期分裂动乱的主要根源。因为他们所关注的只是家族门户，门户在则一切特权皆在，理政建功、为国为民对他们来说意义不大，但他们偏偏又都身居显要职位，并竭力压制想要上升的有才干的庶族人才，如此，政治岂不腐败，体制岂不容易瘫痪？东晋是典型的门阀政治，士族拥有最强大的经济、政治力量，王敦、桓温、桓玄的军事叛乱，就是门阀力量恶性膨胀的结果。甚至殷浩、桓温的几次大规模的北伐，也是门阀与门阀、门阀与皇权竞争的博弈。"在清言的后面，存在着与名士风流旨趣大不相同的现实利害冲突。阴谋诡计，刀光剑影，充斥着这些门户势力之间，其残酷性并不亚于其他朝代统治者内部的斗争。"① 依据亚伯拉罕·马斯洛的需要层次理论学说，我们也可以说，士族首先是凭借着门第特权获得了生理、安全、情感归属、尊重等较低层次需要后，才能致力于追求比较纯粹的求知、爱美、自我实现等高级需要。

仕隐是士大夫的根本问题。在这方面，士族一边大谈隐居如何高尚脱俗，一边却竭力抢占显要职位，不轻易言退。像西晋最著名的名士王衍，自称"少无宦情""少不豫事（政事）"，但被

---

① 田余庆：《东晋门阀政治》，北京：北京大学出版社 2009 年版，第 114 页。

石勒当面怒斥："身居重任，少壮登朝，至于白首，何得言不豫世事邪！破坏天下，正是汝罪。"（《晋书·王衍传》）这种尸位素餐的可耻行径，被士族的朝隐观念合法化，如名教与自然合一，"体玄识远，出处同归"，"小隐隐陵薮，大隐隐朝市"以及"居官无官官之事，处事无事事之心"等，不一而足。最终形成了"处官不亲所司，谓之雅远"（裴頠《崇有论》）、"进仕者以苟得为贵而鄙居正，当官者以望空为高而笑勤恪"（干宝《晋纪总论》）的标准。

第三节　贵族隐士与山水审美

隐逸是中国一个源远流长的传统，是中国文化的一个重要体现。一提到隐士，人们会认为他们超越了物质、欲望乃至生的留恋死的恐惧，如闲云野鹤般自由自在。但早期隐士并非如此，发展到魏晋才显得清高超脱。之前仅是涓涓细流，至此才汇成汪洋万顷。

一

汉末魏晋，隐逸成为士大夫的一种普遍风气，并且隐居的方式发展为所谓"大隐隐于朝"的朝隐，并与山水审美紧密地结合起来。

隐居是自古以来的传统，但早期的隐士隐居山林，生活极其清苦，也没有自然审美的闲情逸致。《易经》的"遁卦"说"君子以远小人，不恶而严"，意思是君子应该远远避开小人，不显示出对他们的厌恶，且始终能矜严自守，不与苟同。在朝政由奸佞小人操纵的危险时期，通过隐居的方式来表达抗议，保持纯洁性情，并明哲保身。

伯夷、叔齐是古代最著名的隐士。他们为什么而隐呢？这两兄弟原来是孤竹国君的长子、次子，按古代嫡长子继承制，伯夷最有资格继承君位，可孤竹国君却想传位给第三个儿子。遵循礼制而违背父亲的意愿，那是不孝；遵循父亲的意愿却又不符合礼制规定。无奈的伯夷选择离开国家，这个难题却又抛给了叔齐，因为按礼制叔齐比第三个儿子更有继承资格，结果两兄弟结伴逃避了。他们听说西伯侯姬昌善于养老，前去投靠，可没想到，姬昌已逝世，碰到周武王正载着文王的神主率领大军讨伐纣王。他们当面严正地批评周武王，说周武王父死而不好好安葬服丧是不孝，以臣去攻打君主纣王是不忠。一个人不孝不忠，那就完全丧失了作为一个儿子、一个臣子的资格，所谓乱臣贼子，十恶不赦。幸亏姜太公认为他俩是"义人"而得不死。"武王已平殷乱，天下宗周，而伯夷、叔齐耻之，义不食周粟（'粟'指俸禄，喻指不愿做周朝的官），隐于首阳山，采薇而食之"，最终饿死。临终前慷慨悲歌："登彼西山兮，采其薇矣。以暴易暴兮，不知其非矣。神农、虞、夏忽焉没兮，我安适归矣？于嗟徂兮，命之衰矣。"神农虞夏时期是儒家理想的社会形态，天下为公，帝位以选贤授能的方式禅让进行，而周武王采用暴力手段去铲除一个暴君，在伯夷、叔齐看来是非常错误的。伯夷、叔齐无论是辞让孤竹国国君之位、直谏武王，还是最终饿死首阳山，维持忠孝这两条最大的道德准则，都是为了维持君臣父子这最大的两条纲常。这便是姜太公赞扬他们为"义人"、他们"义不食周粟"的"义"的内涵。他们是殉道者，充满了浓烈的慷慨悲壮的色彩。①

南宋李唐《采薇图》局部

① 这起历史事件，蕴含了儒家无法解决的政治伦理的矛盾。君臣关系是大纲大常，忠德是大规范。但任何新皇帝在未成皇帝之前都是他人的臣子，他的皇位都是采用武力篡夺而来，包括周武王。儒家固然可以"顺天命而应人心"的理由继续把周武王推崇为圣王，但其实造成了"天命人心"与"君为臣纲"双重标准。在臣子也是如此。每逢改朝换代，臣子都会为是否出仕新朝而矛盾挣扎。甘做遗民的高声歌颂伯夷、叔齐，出仕新朝的批评他们狭隘地拘执于一家一姓而不达天命人意，或者忘了拯时济世的责任。尧舜天下为公的时代已经过去，禅让方式失去了社会基础，这个政治伦理难题便永远无法解决。

两汉四百余年，有两次隐逸高潮，一是两汉之交王莽篡位时，"士之蕴藉义愤甚矣，是时裂冠毁冕相携持而去之者，盖不可胜数"；二是东汉后期皇权衰落，外戚宦官轮流专权，"帝德稍衰，邪孽当朝，处子（处士、隐士）耿介，羞与卿相等列，至乃抗愤而不顾"。这种义愤填膺、慷慨激烈的形象跟后来隐士的淡泊闲逸是相当不同的。

汉末魏晋隐士的思想及生活情形便完全不同了。仲长统的《乐志论》最为全面地表现了他们的生活理想：

使居有良田广宅，背山临流，沟池环匝，竹木周布，场圃筑前，果园树后。舟车足以代步涉之难，使令足以息四体之役。养亲有兼珍之膳，妻孥无苦身之劳。良朋萃止，则陈酒肴以娱之。嘉时吉日，则烹羔豚以奉之。蹰躇畦苑，游戏平林，濯清水，追凉风，钓游鲤，弋高鸿。讽于舞雩之下，咏归高堂之上。安神闺房，思老氏之玄虚；呼吸精和，求至人之仿佛。与达者数子，论道讲书，俯仰二仪，错综人物。弹南风之雅操，发清商之妙曲。逍遥一世之上，睥睨天地之间，不受当时之责，永保性命之期，如是则可以陵霄汉，出宇宙之外矣，岂羡夫入帝王之门哉！

从中我们非常明显地看到，一是隐居地已经不是山林郊野或者乡村，而是一个庄园，有良田广宅，有场圃果园。庄园的经济生产，提供了比较丰富的物质，可满足安逸生活的需要。二是山水娱游。庄园山水美景兼备，可以赏览畋猎。三是养生求仙。四是文化艺术活动。与几个博达的友人论道讲书、观察天地、评论人物、演奏音乐。这种人生理想确实体现了魏晋的一种新精神，完全是个人的，无关政治与社会，它甚至试图超越现世，追求永恒。

二

隐居与出仕本来决然不同，但这个时代产生的"朝隐"观念把两者统一起来了。王康琚的《反招隐诗》说："小隐隐陵薮，大隐隐朝市。伯夷窜首阳，老聃伏柱史。昔在太平时，亦有巢居子。今虽盛明世，能无中林士。放神青云外，绝迹穷山里。鹍鸡先晨鸣，哀风迎夜起。凝霜凋朱颜，寒泉伤玉趾。周才信众人，偏智任诸己。推分得天和，矫性失至理。归来安所期？与物齐终始。"在王康琚看来，隐于丘陵泽薮的只能算小隐，而隐居在朝廷集市的才算是真正的大隐。逃窜于首阳山且最终饿死的伯夷只是小隐，而担任周朝柱下史一职，把朝廷当成隐居地的老子才是大隐。"隐陵薮"只是偏智，"隐朝市"才是周才；"隐陵薮"是违背性情丧失至理，"隐朝市"才能顺应本性获得自然的和谐。庄子消除万物差异、混同物我的齐物论思想是朝隐的理论依据，伏柱史的老聃是行为的榜样。士大夫是这样，佛教徒也是如此。竺法深成为会稽王司马昱的座上客，刘惔嘲讽他说："和尚不是应该看破红尘吗？怎么还老与达官贵人交往呢？"竺法深说："你因为内心执着于富贵与贫贱的区别，所以觉得我和达官贵人在交往，但我在这里其实和在贫穷人家并没有差异。"只要内心不执着于区别，贫贱富贵、王侯农夫并无不同。这是当时所谓的"心隐"。名僧支遁"近非域中客，远非世外臣"正是东晋士人"心隐"生活的绝妙写照。

庄园既是生产单位，也是经过人工精心营造的半自然山水景观。有了庄园，富裕的物质生活及闲逸高雅的文化生活都可以得到保证。有了朝隐、心隐的理论，出仕所获得的权力俸禄，隐居所获得的自由清高等也能兼得。我们也可以说，魏晋士族所向往的隐居生活是庄园式的隐居，朝隐心隐观念是他们为了兼得仕与隐的好处而加以发展起来的。

山水赏玩也是有不同层次的。庄园中的山山水水、种植的植物、养育的动物，它们并不是纯粹用于欣赏，它们首先是生产资料，是商品。因此，引发的愉悦，除了审美的精神愉悦，还有物欲的满足，正如农夫面对金黄的麦穗而高兴，未必一定是欣赏它们的美感。这是混合着物欲的美感，所以山水赏玩所产生的审美感受有着纯粹和混杂的区别。

在比较纯粹的审美里，也有偏于外物刺激与偏于心灵感受的差异。一般而言，高大雄壮的、优美清新的、瑰丽奇特的，都比较容易引人注意，所以当时的山水爱好者都不惜跋山涉水，到处寻幽探胜，像东晋的名士许询，最让当时人羡慕的是他有强健敏捷的身体，能够自如攀爬。至于谢灵运，那简直是探险家、征服者的心态。但谁又能欣赏琐碎平凡的田园风光和田园生活呢？那是陶渊明，因为要在琐碎枯燥的事物中感受美感，更需要心灵的体味能力。

历来对于隐士的批评，主要集中在三点。一是虚伪、故作清高。这也难怪，权力、财富、名声是人强烈的欲望，要做到无所谓，真是谈何容易。二是破坏社会体制秩序。愈是坚决的隐士，愈是不接受皇帝的征召，愈是蔑视权贵。隐士的行为无疑是对至高无上的皇权及社会等级秩序的挑战。三是缺乏社会及家族责任感。梁漱溟归纳中国文化有十四个特征，隐士是其中之一，他说："一般高人隐士显著之共同点有三：第一在政治上，便是天子不得臣，诸侯不得友，虽再三礼请亦不出来。试问这是任何一个封建国家专制国家所能有的吗？就是资产宪政国家，无产专政国家，或任何国家亦不能有。惟独不成国家的这松散社会如中国，才得出现这种人物。不但出现，而且历代都很多，在历史传记上占一位置，在社会舆情上有其评价。第二在经济上，便是淡泊自甘，不务财利，恰为宗教禁欲生活与近代西洋人欲望本位之一中间型。他们虽不足以影响中国经济之不进步，却为中国经济难于进步之一象征。第三在生活态度上，便是爱好自然而亲近自然。如我前所说，对自然界只晓得欣赏忘机，而怠于考验控制，如西哲所誉，善于融合于自然之中，而不与自然划分对抗。其结果便是使艺术造乎妙境高境，则不能成就科学。"① 梁漱溟肯定了隐士文化之于中国文化的重要地位，并在中西比较的宏阔视野下，精到扼要地揭示了隐士文化的利弊得失。

① 梁漱溟：《中国文化要义》，上海：上海人民出版社 2005 年版，第 259 页。

第二章　建安曹魏前期的清谈与诗歌

第一节　从清议到清谈

清议的字面意思是公正的议论，但议论什么、以什么标准来议论，有一个发展的过程。

汉代实行察举征辟制度，这是平民步入仕途的最主要途径。中央政府的大官（如三公等）和地方政府的长官（如刺史、郡守等）都有权力选拔人才担任他们自己衙门的官吏，这些官吏统称为"掾"。朝廷可以设立各种称号，命令各地方推荐合乎这些标准的人才，以备一般的任用。皇帝也可以特别下诏，征辟他认为有才干的人。这些有征辟权力的人，他们所用的标准是什么呢？原则上主要就是"乡评"，要看被征辟者的家乡对他的议论，也就是他在家乡的名声。一个人的声名越大，他被征辟的机会就越多，他所担任的职务就越高。清议在这里指的是乡评。

但是在东汉中后期，由于皇帝的昏聩、外戚宦官的轮流专权，政治非常黑暗，人才的选拔自然也受到严重的破坏。这时的选举、征辟，都要按照他们的爱憎行事，这就严重地侵夺了士人的上进之路。这一时期，太学生已发展到三万余人，各郡县的儒生也很多，他们上进无门，就与官僚士大夫结合，在朝野形成一个庞大的反宦官专权的社会政治力量。而他们的清议引来皇帝及宦官更疯狂的镇压清洗，造成了对士大夫灾难性的打击——党锢之祸。党人"死徙（流放）废（罢官）禁（禁锢）者，六七百人"，"党人门生故吏父子兄弟，其在位者，免官禁锢，爰及五族"，"海内涂炭，二十余年，诸所蔓衍，皆天下善士"（《后汉书·党锢传序》）。这场党锢之祸，对于汉末的政治和士大夫的思想观念都造成了极其深远的影响。

汉末清议在品评、选拔人才方面产生了两个严重的问题。一是名实不符，二是即使名实相符也起不到实际效果。

对于名实不符的情况，王符《潜夫论·考绩》有相当全面的论述：

今则不然，令、长、守、相不思立功，贪残专恣，不奉法令，侵冤小民。州司不治，令远诣阙上书讼诉。尚书不以责三公，三公不以让州郡，州郡不以讨县邑，是以凶恶狡猾，易相冤也。侍中、博士谏议之官，或处位历年，终无进贤嫉恶拾遗补阙之语，而贬黜之忧。群僚举士者，或以顽鲁应茂才，以桀逆应至孝，以贪饕应廉吏，以狡猾应方正，以诔谀应直言，以轻薄应敦厚，以空虚应有道，以罢暗应明经，以残酷应宽博，以怯弱应武猛，以愚顽应治剧，名实不相副，求贡不相称。富者乘其材力，贵者阻其势要,以钱多为贤,以刚强为上。凡在位所以多非其人,而官听所以数乱荒也。

王符指出了东汉末期政治制度的整体性的腐败瘫痪。从地方的县长、县令、郡守、国相到州牧刺史,再到中央的尚书三公及侍中、博士谏议之官,尸位素餐,互相推诿。其严重的后果是,察举制被全面破坏,选择的标准变成钱财的多少与权势的高低,选拔出的人严重失实。"茂才"(秀才)、"至孝"、"廉吏"、"方正"、"直言"、"敦厚"、"有道"、"明经"、"宽博"、"武猛"、"治剧"(擅长治理繁杂艰巨政务)等是当时察制的科目,但科目与察举的人选却截然相反。

另一种情况,如范晔所说:"汉世之所谓名士者,其风流可知矣。虽弛张趣舍,时有未纯,于刻情修容,依倚道艺,以就声价,非所能通物方,弘时务也。"[《后汉书·方术列传(上)传论》]东汉名士的特点就是雕琢情性、修饰仪容、凭借儒道术艺,以获取名誉,但他们根本不会处理政务,不能解决实际问题。可是,当时的社会却偏偏形成了这样的标准,"后进希之以成名,世主礼之以得众"。这样的官员选择标准岂合适?

为了解决这些问题,必须重新探索新的人才标准、探讨更准确的人才鉴别方法。于是,综核名实、循名责实的方法便被提出来了。名即标准,具体可指仁智等伦理纲常、贤良方正等科目、宰相郡守等官职等,也可笼统称为标准;至于实,即是要用这个标准衡量的具体的那个人。综核名实就是通过反复的考察去判断具体的那个人是否符合这些标准。循名责实就是用这些标准去要求这些具体的人，使之符合标准。但综核名实仍然是要去评价"实"，即要去评议政治人物，自然也肯定要评议政治，这在当时是相当危险的事情，尤其是汉末党锢之祸、魏末司马氏篡夺政权的恐惧屠戮，士人对于"实"更是避而不谈，结果综核名实便变成辩名析理，清谈也就正式产生了。

由指实品题的清议演变为辩名析理的清谈，既是清谈本身的自然趋势，也是外界政治环境压迫的结果。

第二节　魏晋风流的先驱——荀粲

荀粲是魏晋风流的先驱，他最早且较集中地体现了魏晋名士的革新与浮薄。下面根据何劭的《荀粲传》分点评述。

一、鄙弃儒家经典与言意之辨

荀粲字奉倩。粲诸兄并以儒术论议，而粲独好言道，常以为子贡称"夫子之言性与天道，不可得闻"，然则六籍虽存，固圣人之糠秕。粲兄俣难曰："易亦云，圣人立象以尽意，《系辞》焉以尽言，则微言胡（何）为不可得而闻见哉？"粲答曰："盖理之微者，非物象之所举也。今称立象以尽意，此非通于意外者也。系辞焉以尽言，此非言乎系表者也；斯则象外之意，系表之言，固蕴而不出矣。"及当时能言者不能屈也。

《论语·公冶长》载："子贡曰：'夫子之文章（礼乐典章），可得而闻也；夫子之言性（性命）与天道，不可得而闻也。'"儒家经典记载的主要内容是形而下的礼乐典章，而非形而上的"性与天道"。荀粲把六经当成糟糠，理由是六经无法传达出"性与天道"。这个看法表明了当时新锐思想家的思考重心已经由礼乐典章转向宇宙本体的性命与天道。随着思考核心主题的变化，儒家经典的不足便暴露出来了，经典地位受到挑战。

荀粲兄荀俣援引《易经·系辞》"圣人立象以尽意，系辞焉以尽言"反驳荀粲的观点。荀俣认为圣人通过"立象""系辞"能够充分传达微言（精微之言）。荀粲认为物象、系辞仅能传达一般的意、言（礼乐文章），无法传达"理之微者"（"象外之意，系表之言"），这样问题便转入对言意之辨关系的思考。儒家经典以及"立象""系辞"等手段是否能传达"意"（理之微者，即性与天道等本体）？如果不能，那么该以何种方式去获得、去传达"意"呢？该借助儒家经典之外的何种书籍、何种学说？

可见，思考重心转向本体论和转向言意之辨，又引发出一系列的问题，如儒家圣人孔子与道家的老庄、儒家经典与《老子》《庄子》地位，以及经典如何阐释等问题。荀粲提出了这些问题，也提供了初步的回答，更深入更系统的思考则有待于王弼、嵇康、郭象等。

二、论父不如从兄

又论父或不如从兄攸。或立德高整，轨仪以训物，而攸不治外形，慎密自居而已。粲以此言善攸，诸兄怒而不能回也。

荀粲父亲荀彧和从兄荀攸都是三国时期著名的政治家、谋略家，是曹操统一北方最重要的功臣。中国文化以等级和家族主义为基本，家族内部，父子叔侄等级森严。荀粲公开批评父亲，又认为父亲荀彧不如侄子荀攸，这是对家族伦理纲常的背叛，而更值得深思的是他评价的标准。荀彧"立德高整，轨仪以训物"，修身清廉严整，以伦理纲常教育、规范人物，这种修身以治人完全是汉儒准则，而荀攸不以儒家规范修饰自身，重在以谨慎严密来自我保护，这种通脱放荡、明哲保身的人生准则，已初具魏晋名士的特点。荀粲的评议，显示出士族人生价值观的转变：放弃社会责任，致力于谋求自身利益；放弃规范，追求通脱自由。

三、名理与玄远，识与功名

太和（魏明帝曹睿年号，227—233）初，到京邑与傅嘏谈。嘏善名理而粲尚玄远，宗致（根本旨趣）虽同，仓卒（通"猝"）时或有格而不相得意。裴徽通彼我之怀，为二家骑驿。

顷之，粲与嘏善，夏侯玄亦亲。常谓嘏、玄曰："子等在世涂间，功名必胜我，但识劣我耳！"嘏难曰："能盛功名者，识

也。天下孰有本不足而末有余者邪?"粲曰:"功名者,志局之所
奖(助)也。然则志局自一物耳,固非识之所独济也。我以能使
子等为贵,然未必齐子等所为也。"

"玄远""虚胜""名理"三者的含义既有区别,又有联系。
所谓"名理",开始为讨论"名分之理",人君臣民各有其职守,
如何使之名实相符而天下治,此为政治理论的问题;后来渐进而
讨论鉴识人物的标准问题,于是"名理之学"趋向"辩名析理",
向着抽象原则的方面发展,如当时有钟会、傅嘏、王广、李丰等
所谓的"四本才性"问题的讨论,也即"名理"经过了循名责实
与辩名析理两个阶段。循名责实尚是旧学问,辩名析理已经是新
气象了。"虚胜"则谓虚无贵胜之道,所论不关于具体事实与具
体人物,而以谈论某些抽象原则为高明,但似仍然未脱离政治人
伦的抽象原理而进入宇宙本体的形而上学领域。善言虚胜者必善
名理,而善言名理者未必善言虚胜。至于"玄远"(玄远之学,
即玄学)则更进一步,把讨论天地万物存在的根据问题作为中心
课题,要为政治人伦找形而上的根据,而进入对本体论问题的
讨论。①
　　"识"有两个含义,一是鉴识,指对事物发展态势和人物命

---

① 关于"玄远""虚胜""名理"三者含义的解释,可参考汤一介:《郭象
与魏晋玄学》(第三版),北京:北京大学出版社 2009 年版,第 9、10 页。

运的判断和预测，这是成就一个人功业非常重要的条件，"识"是本，功业是末。这是傅嘏所理解的"识"，所以他反驳荀粲："能盛功名者，识也。天下孰有本不足而末有余者邪？"而荀粲所谓的"识"，指的是对宇宙本体的体悟，即上文他所提到的"性与天道""理之微者""象外之意""系表之言"等，这些词角度不同，含义一致。他认为一个人的功业成就取决于一个人的志气局量，而志局又取决于"识"（宇宙本体的体悟）的高低。志局只是一个东西，而"识"并非仅仅能成就志局。他的意思是说"识"的功能无限强大，不单能成就志局功业，也能成就其他许多方面。所以他最后强调，因为他在"识"方面远超过傅嘏、夏侯玄，所以他能够使他们获取功业富贵，但他不屑于去追求这些，因为他的"识"完全可以让他去追求、实现其他更高远的目标。

荀粲的言论，已经体现了玄学家和玄学理论的根本缺陷。魏晋玄学家普遍存在着一种体道者的傲慢情结。[①] 他们坚信只要把握了宇宙的本体，即能轻而易举地处理一切社会事务。所以即使他们毫无从政经历，或虽从政却从不理政，也对自己的这种理政能力深信不疑，从而也对真正的实干者乃至整个社会抱着不屑一顾的态度。这一点在何晏、阮籍的自我评价中体现得非常明显。

———————————

① 余英时曾模仿"知性的傲慢"一词而用"良知的傲慢"批评当代新儒家，笔者邯郸学步，造"体道者的傲慢"一词批评魏晋名士。

四、论妇女审美标准及夫妇关系

粲常以妇人者，才智不足论，自宜以色为主。骠骑将军曹洪女有美色，粲于是娉焉，容服帷帐甚丽，专房欢宴。历年后，妇病亡，未殡，傅嘏往唁粲；粲不哭而神伤。嘏问曰："妇人才色并茂为难。子之娶也，遗才而好色。此自易遇，今何哀之甚？"粲曰："佳人难再得！顾逝者不能有倾国之色，然未可谓之易遇。"痛悼不能已，岁余亦亡，时年二十九。

传统夫妻关系讲究夫尊妻卑，女子的道德集中体现在两点，就是对丈夫的"忠贞"和"顺从"。理想的关系是相敬如宾，梁鸿、孟光"举案齐眉"的事迹体现的就是这一标准。

傅嘏论妇女以"才色并茂为难"，已有悖传统之重德，而荀粲更是变本加厉，舍弃才而仅取色，夫妻相处也以亲昵柔情代替传统相敬如宾的距离感。荀粲承认美貌、亲昵关系的价值，这是他的高明之处，但也暴露了他思想的褊狭。妇女才德貌皆具当然最为可贵，三者能得其一也皆有可称道之处，何须把"色"抬高到唯一的、最高的价值位置？此外，若只依据美貌，夫妻关系也不易保持长久。因为容貌容易变衰，容易产生审美疲劳。夫妻关系的长久保持，更需要的是内在人格魅力的相互吸引，在长期休戚与共中相互理解、相互支持，形成一种共有感，这才是关键。荀粲的观点看似革新，其实也甚浮薄。

　　有些研究者见到荀粲论妇女重美貌，又因为他因妻子逝世神伤而亡，便大赞他对美的妙赏，大赞他的深情，把他当成魏晋时代求美而深情的典范之一，其实这是似是而非的观点。人物的美体现为多个层次，人体美仅是其中的一个层面，甚至是表层。①而人物的风姿风神，尤其是人物所体现的历史及人生的意蕴，才是人物美最深沉最有魅力的层面。某些学者论美，总是把美与德相割裂，似乎唯有否定德才算肯定美。美的东西可以不善，善也可成美，美善可以统一。因为美并不完全取决于事物的客观属性，更取决于是否能在审美活动中形成审美意象。荀粲仅把人物之美狭隘地理解为"美色"，根本谈不上是妙赏。至于说荀粲深情，也需要分析。一般而言，情感可按强度、深度、持久度进行综合衡量。荀粲的感情，应该称为激情，至于深情，依据上面的分析，其在情感的深度、持久度方面明显缺乏。

　　荀粲的言行挑战了传统的父子、夫妻、朋友等伦理准则。他的人生价值观，已经明显地放弃了功业与社会责任，而趋向于追求个人的生命安全、情感的满足，追求一种自由无负担的生活。作为一个思想家，他的理论显示出向玄学过渡的色彩。他对父亲荀彧、堂兄荀攸的评论，属于汉末以来的清议（人伦鉴识）。他

————————

　　①　荀粲特重妇女的美貌，或许也是因为青年的浪漫情怀。传统重视妇女才德，是因为主妇担负着相夫教子、稳定家庭的重任。荀粲出身于高门大族，且年少不经事，自然无须考虑妇女的才德。至于现代社会，荀粲的观点更与妇女倡导独立、争取女权的时代精神相悖。

对妇女才色的见解，对自己与傅嘏、夏侯玄的评论，更重在讨论识、志局、功业三者的关系。虽仍然不脱离具体的人物，但他已经侧重于抽象原则，更侧重于反省并重新确立评价人物的新标准，已经由循名责实进入辩名析理的领域。至于他以六经为糟粕以及对性与天道、对言意之辨的讨论，已经进入宇宙本体论的领域。由于思考重心转向本体论、转向言意之辨，又引发了一系列的问题，如儒家圣人孔子与道家的老庄、儒家经典与《老子》《庄子》的地位，以及经典如何阐释等问题。遗憾的是他去世太早，对这些问题未能更深入更系统地进行研究。当然，他的言行也已经暴露了魏晋名士、玄学思想的一些根本缺陷。

第三节　建安风骨

建安诗歌的时代特征，后人把它概括为"建安风骨"，其内涵主要包括慷慨沉郁与个性化两点。

时代呼唤英雄。汉末长期以来的政治倾轧和军阀割据混乱，生灵涂炭，激发了建安文人的政治豪情，建功立业、扬名后世成为他们共同的强烈的价值追求。曹操一生戎马倥偬，"烈士暮年，壮心不已"。他争夺天下的总方针是"任天下之智力，以道御之"，因而一生极其重视人才，三下求贤令。他以身作则，还有他的人才措施，激励、燃烧着文人的壮烈情怀。曹丕博通经史百家，又善骑射，好击剑，文武兼修，目的也在于实现政治理想。

曹植《薤露行》："愿得展功勤，输力于明君。怀此王佐才，慷慨独不群。鳞介尊神龙，走兽宗麒麟。虫兽犹知德，何况于士人。孔氏删诗书，王业粲已分。骋我径寸翰，流藻垂华芳。"高声歌唱他立功、立德、立言的志愿。像王粲、刘桢、陈琳、阮瑀、徐干等都有卓荦不凡的气质，都不愿以文人自居。但是战乱、政争及疾疫等如同头顶悬挂的达摩克利斯之剑一样，时时给建安文人造成强烈的精神压力，并随时夺去他们的生命。现实是，曹丕享年40岁，曹植41岁。孔融、杨修、丁仪、丁廙等均死于政治斗争中。阮瑀病逝时48岁，王粲病死于随曹操南征的途中，时年41岁。建安二十二年（212），一场蔓延河南、安徽的大瘟疫一口气夺走了大量生命，刘桢、陈琳、徐干、应场都死于这场灾难中。曹植后来描述这场瘟疫时说："建安二十二年，疠气流行。家家有僵尸之痛，室室有号泣之哀。或阖门而殪，或覆族而丧。"（《说疫气》）整家整族的死亡，这并非文学家的夸张之言。曹丕用"忽如飞鸟栖枯枝"表达人生脆弱无所依靠的体验。但是建安文人可贵的地方在于，面对人生的短暂脆弱，迎难而上，努力追求。曹操"老骥伏枥，志在千里"是这一时代的最强音。曹植《杂诗》其六："烈士多悲心，小人偷自闲。国雠亮不塞，甘心思丧元。拊剑西南望，思欲赴太山。弦急悲声发，聆我慷慨言。"正视人类的渺小，直面苦难，而沐浴理想的光辉，勇于奋进，这是建安风骨非常值得赞扬的一面。

　　逆境和个体的局限性挫败理想，而理想不愿低头，这种冲突便在内心郁积成"慷慨"的情感。"慷慨"指志士不得意、扼腕激昂，建安文人非常喜欢用这个词。如曹操《短歌行》："慨当以慷，忧思难忘。"曹丕《于谯作诗》："慷慨时激扬。"陈琳《游览》："慷慨咏坟经。"吴质《思慕诗》："慷慨自俛仰，庶几烈丈夫。"曹植《薤露行》："慷慨独不群。"《箜篌引》："秦筝何慷慨。"《赠徐干诗》："慷慨有悲心，兴文自成篇。"《情诗》："慷慨对嘉宾，凄怆内伤悲。"曹植明确地说，他雅好慷慨，所以他诗作中抒发慷慨的情绪最多，"慷慨"一词出现的频率也最高。

建安社会风气比较解放，"魏武好法术而天下贵刑名，魏文慕通达而天下贱守节"（《晋书·傅玄传》）。建安文人自视甚高，不单以经时济世的才干谋略自负，文学方面也不肯蹑武前贤或效法同辈，而是另辟蹊径，努力形成自家风貌。曹植这样描述他们踔厉发扬的形象："仲宣（王粲）独步于汉南，孔璋（陈琳）鹰扬于河朔，伟长（徐干）擅名于青土，公干（刘桢）振藻于海隅，德琏（阮瑀）发迹于大魏，足下（杨修）高视于上京。当此之时，人人自谓握灵蛇之珠，家家自谓抱荆山之玉。"（《与杨德祖书》）在诗歌体制上，曹操独擅四言诗，曹丕的《燕歌行》二首被誉为七言之祖，他的长篇杂言诗《大墙上蒿行》被推为"乐府狮象"。刘桢五言诗妙绝时人，而曹植、王粲则四言、五言兼擅。在语言运用上，曹操、阮瑀、陈琳等人较为质朴，曹丕、王粲、曹植等偏于华美。阮瑀和徐干还曾撰写《文质论》对文质问题进行辩论，阮瑀主质，徐干主文，针锋相对。在性情与风格方面，更是各具异彩。曹操古直悲凉，气韵沉雄；曹丕"诗有文士气，一变乃父悲壮之习"（沈德潜《古诗源》）；曹植"骨气奇高，辞采华茂，情兼雅怨，体被文质"（钟嵘《诗品》），以骨气辞藻兼备而成为建安诗歌最高的代表。至于王粲和刘桢，则是"仲宣躁竞，故颖出而才果；公干气褊，故言壮而情骇"（《文心雕龙·体性》）。曹丕《典论·论文》提出："文以气为主，气之清浊有体，不可力强而致。譬诸音乐，曲度虽均，节奏同检，至于引气不齐，巧拙有素，虽在父兄，不能以移子弟。"曹丕之所以能总结归纳出"文以气为主"这一精辟观点，得益于建安诗歌创作的个性化。

慷慨沉郁是情感体验，是诗歌的内核，但光有情感体验尚不能成诗；艺术贵在独创，它需要在准确的基础上提升为个性化的表达。性情是决定风格的关键因素，而独特、多样化且有内在统一的风格的形成，是诗人也是整个时代诗歌成熟的标志。慷慨沉郁的性情与个性化的表达使建安诗歌充实而焕发出光辉，散发出强烈的魅力，成为后代诗人不断回眸追慕的对象。两晋南北朝的诗歌虽然在艺术形式方面不断提高精进，但在独创性、个性方面比不上建安时期，更由于博大深沉的情感体验的整体失落，因而总体成就比不上建安时期的诗歌。

第四节　英雄文人曹操

曹操（155—220），字孟德，沛国谯县（今安徽亳州）人。

东汉末年杰出的政治家、军事家、文学家、书法家，三国中曹魏政权的缔造者。以汉天子的名义征讨四方，对内消灭袁绍、袁术、吕布、刘表、马超、韩遂、张鲁等割据势力，对外降服南匈奴、乌桓、鲜卑等，统一了中国北方，并实行一系列政策恢复经济生产和社会秩序，奠定了曹魏立国的基础。陈寿评曰："汉末，天下大乱，雄豪并起，而袁绍虎视四州，强盛莫敌。太祖运筹演谋，鞭挞宇内，揽申（申不害）、商（商鞅）之法术，该韩（韩信）、白（白起）之奇策，官方授材，各因其器，矫情任算，不念旧恶，终能总御皇机，克成洪业者，惟其明略最优也。抑可谓非常之人，超世之杰矣。"（《三国志·武帝纪》）这是对曹操准确的总结和高度的评价。曹操具文韬武略，将相大才。他治国行军，最可贵的是既遵循普遍性原则，又能因时因地，打破常规，出奇制胜，既稳健又富有创造性。其所注释的《孙子兵法》至今仍然有较高的价值。他力气大，射箭精准，能够擒杀猛兽，一次打猎，一日之内便射杀了六十三只野雉。曹操又富于才艺。他的诗文开创了一代新风，草书仅次于当时最负盛名的崔瑗、崔寔父子和张芝、张旭兄弟，而乐器演奏水平可与桓谭、蔡邕抗衡，至于围棋在当时也是一流。他也精通宫殿土木建筑和器械制作，对于养生药物也颇有研究。总体看，曹操是难得的通才，兼具英雄的豪迈慷慨和政治家的深谋明断，学者的渊博理性和文人的多才敏感。曹操在政治、军事、经济、文学等方面取得了重要成绩，产生了非常深远的历史影响，是魏晋南北朝最为重要的历史人物。

曹操具有典型的英雄气质。英雄，按刘劭《人物志》的解释，"聪明秀出谓之英，胆力过人谓之雄"，"聪能谋始，明能见机"。他又具文人的多愁善感。他的遗嘱，事无巨细，大到军法、政事，小到妻妾歌伎的生活安排、遗物的分割等。其中分香嘱履（把香料分给诸夫人，叮嘱诸妾可做履谋生）更成为临终不忘妻妾的典故。他本人又热爱歌诗，于戎马征途中仍不忘横槊赋诗。这样的独特丰富气质，形成了独具面貌的诗歌。

曹操的代表诗歌有《步出夏门行》。用乐府旧题创作的组诗，作于建安十二年（207）他北征乌桓凯旋路上。这组诗共分五部分，开头是序曲"艳"，下面是《观沧海》《冬十月》《土不同》《龟虽寿》四章。全诗描写河朔一带的风土景物，抒发个人的雄心壮志，反映了诗人踌躇满志、叱咤风云的英雄气概。作品意境开阔，气势雄浑。下面录其《观沧海》及《龟虽寿》：

东临碣石，以观沧海。水何澹澹，山岛竦峙。树木丛生，百草丰茂。秋风萧瑟，洪波涌起。日月之行，若出其中；星汉灿烂，若出其里。幸甚至哉，歌以咏志。

曹操诗歌比较古朴，如果与后代的律诗相比，则体现得更为明显。比如，"幸甚至哉，歌以咏志"是为了凑足节拍，诗中"以""何""之""若"等虚词很多。诗歌字数有限，过多的无实义的虚字会束缚诗意的表达。整首诗也没有经过精心锤炼的警动的字眼句眼。在章法上，这首诗初读也稍感不够整饬，如开头写"水何澹澹"，然后隔了几行又再写"洪波涌起"，"日月之行，若出其中"又与"星汉灿烂，若出其里"略有重复。但毫无疑问，整首诗读起来节奏鲜明而沉着，很有复沓咏叹的情调。仔细品尝，其实文理相当细密。曹操其实是在动荡的海水的衬托下，才更加感受到山岛的耸立于海面，在海水的冲撞下才更加真切地感受到山岛的挺峙傲岸。也正是在"秋风萧瑟，洪波涌起"的情境中，曹操才更加感受到大海吞吐日月星辰的博大雄强。

这首诗历来被当成第一首真正意义的山水诗，这当然不错，但要注意的是这里描写的"水"是"海"，"山"是"山岛"，而一般的山水诗描写的"山"是内陆的名山，"水"是湖泊江河、瀑布山涧。后者总是跟文人雅士超脱空灵的隐逸情怀紧密相连。

这首诗描写秋景，但不受悲秋传统的影响。如果与杜牧的名作《山行》相比，那么曹操是英雄中的诗人，而杜牧是诗人中的英雄。

"日月之行，若出其中；星汉灿烂，若出其里"是曹操诗歌的警句，表现的是一种相当内敛的、包蕴一切的巨大力量。孟浩然咏岳阳楼的名句"气蒸云梦泽，波撼岳阳楼"表现的是一种外向的、在破坏中展现的力量，杜甫同咏岳阳楼的"吴楚东南坼，乾坤日夜浮"便把这两种力量合而为一在诗歌加以全面的表现出来了。

《龟虽寿》：

神龟虽寿，犹有竟时。腾蛇乘雾，终为土灰。老骥伏枥，志在千里；烈士暮年，壮心不已。盈缩之期，不但在天；养怡之福，可得永年。幸甚至哉，歌以咏志。

此诗采用传统的比兴手法。神龟虽然最为长寿，但再长寿还是有死亡的那一天。如同龙一样能够腾云驾雾的腾蛇，自然与一般只会在泥土草丛中蜿蜒前进的蛇不同，但又能怎样？最终还不是与其他蛇一样腐朽变为泥土。既然人的力量始终敌不过死亡，既然一死拥有的一切便化为乌有，那么人生还有何意义？更何况现在已到暮年，时日不多。但是人生还有能够做的事，只要这颗胸怀壮志的心还没有停止跳动，便要让它热烈地跳动下去，更何况寿命的长短，通过恰当的养生方法，还有一定程度的延长。曹操非常自信，他对于自己的力量，无论是智慧权力，还是精神意志力，但他也非常清醒，他清醒地意识到人的局限性。这是他比秦皇汉武高明的地方。秦皇汉武雄才大略，但都倾尽全力追求长生，以至于屡为神仙方士所骗仍然执迷不悟。反观生活于谶纬迷信盛行、道教兴盛的汉末，并与秦皇汉武有相似地位的曹操，他有清醒的认识，更显得难能可贵。诗歌表现的慷慨悲心也强烈地引发后代英雄的共鸣。据《世说新语》记载，东晋时代重兵在握的大将军王敦，每酒后辄咏曹操"老骥伏枥，志在千里。烈士暮年，壮心不已"，以如意击打唾壶为节，壶口尽缺。

曹操的诗歌在写景叙事中融入了丰富独特的感情，从而赋予诗歌强烈的个性特征。乐府诗本来是四言、五言及杂言各体皆有，但至东汉末，乐府五言已经一枝独秀，比如著名的《孔雀东南飞》、蔡文姬的《悲愤诗》等，至于由乐府演变而来的汉末无名文人所作的《古诗十九首》等，都是五言。先秦四言诗兴盛，两汉文人虽间有所作，但数量质量有限，处于衰微状态。曹操以四诗沿乐府旧题创作的《步出夏门行》（包括《短歌行》"对酒当歌"），可以说是乐府与四言的融合，也对乐府与四言做出了创造性的发展。

曹操《苦寒行》：

北上太行山，艰哉何巍巍！羊肠坂诘屈，车轮为之摧。
树木何萧瑟，北风声正悲。熊罴对我蹲，虎豹夹路啼。
溪谷少人民，雪落何霏霏！延颈长叹息，远行多所怀。
我心何怫郁，思欲一东归。水深桥梁绝，中路正徘徊。
迷惑失故路，薄暮无宿栖。行行日已远，人马同时饥。
担囊行取薪，斧冰持作糜。悲彼《东山》诗，悠悠使我哀。

曹操虽然没有像后来的山水诗人那样以描写自然为基本内容，但是其诗中人与自然的关系这一主题其实仍然非常突出。《短歌行》《观沧海》《龟虽寿》都表明了这一点。又如《苦寒行》，表现了行军这一人类力量最为伟大的行动却遭遇太行山的九折坡坂、深壑峡谷，陷身于大自然的巨大破坏力中而进退维谷。曹操忧心畏惧的不是战争，因为对象再强大，也仍然是人，连最强大的袁绍都征服了，更何况是比袁绍弱得多的高干。那是因为震慑于大自然的伟力。他的诗就这样触及了这一永恒的主题，他的伟大、他的诗人气质正是在这些地方中显露出来。曹操最令人感动的在于他自信能胜于人，但又始终敬畏于天。在"天"的面前保持纯真的崇敬，乃至畏惧，可以理解为人性的必然，曹操在这里充分地显示了这种人性。

一个极力扩展作为人的力量的人，更能真切地感受到自我的力量，因而充满自信；也更能真切地感受到自然的伟大，而产生悲怆的情怀。这是他诗歌的主题，也是他诗歌雄浑悲壮的最重要原因。确实，曹操的诗歌是真正的悲壮，既悲又壮。只悲缺壮，那只能算是悲惨，渺小懦弱的人受到毫无人道的摧残，固然值得同情，但"无壮便无以言悲"。只壮不悲，则无法体现社会的复杂，更无法体现生命的沉重。热血少年的豪情壮志，固然不失其浪漫可爱，但未尝历经苦难生活淬炼的"壮"或许也仅仅是声厉内荏。

第五节　"眼泪诗人"曹丕

曹丕（187—226），字子桓，曹操次子。建安十六年（211）

任五官中郎将、副丞相，二十二年被立为太子，二十五年曹操卒，他继位为魏王兼丞相。同年十月，代汉自立，建立魏国，定年号为黄初。黄初七年（226）病死于洛阳，谥文，故世称魏文帝。

曹丕可以说是一个"眼泪诗人"。他写得最好的诗是表达征夫思妇的离愁别绪及思乡之情，如《于清河见挽船士新婚与妻别》、《代刘勋妻王氏杂诗》、《杂诗》（二首）等。最著名的作品是《燕歌行》第一首：

秋风萧瑟天气凉，草木摇落露为霜，群燕辞归雁南翔。
念君客游思断肠，慊慊思归恋故乡，君何淹留寄他方？

秋风萧萧作响，天气转凉，草木在风中飘摇，叶子枯黄凋零，燕子鸿雁也避寒离去，一片清冷空旷寂寞的景象。秋天是收获喜悦的季节，也是天朗气清令人顿生澄明逸气的季节，曹丕在这里因袭着"悲秋"的传统，忧愁的眼睛只关注着秋天衰飒的一面，这为思妇制造了一个恰当的环境。妇人思念着她在外漂泊的夫君，她满腔失意哀愁思念着故乡，可令思妇迷惑烦恼的是夫君为何久久不归？妇女思君，肝肠寸断，因而便一厢情愿地想象其夫君也在想念着她，这给了她些许慰藉，但也正是这种慰藉的温暖使思妇在接触到夫君"淹留寄他方"的现实时，更加伤痛，真是柔肠曲折百结。思念某人时设想对方此时的活动与情感，甚至把这种心造的幻想视为真实而感情受到幻象束缚，是女性比较突出的心理特征。抓住这一心理特征予以细腻的表现，这是曹丕的成功之处。这种艺术手法有它的优点，即仅写一方面而兼顾两方，让妇女与夫君、此时此地与彼时彼地两方面相反相生，使诗歌意蕴丰富含蓄而深沉。

　　贱妾茕茕守空房，忧来思君不敢忘，不觉泪下沾衣裳。

　　"贱妾""念君客游""君何淹留""思君"，妇女不停地向"对面"的夫君倾诉：她孤零零守着空荡荡的房间，非常忧愁，因忧愁而更思君，因思君而更忧愁，可是不敢忘啊，思君是她的职责和义务啊，泪水不知不觉已经沾湿了衣裳。

　　援琴鸣弦发清商，短歌微吟不能长。

　　多么希望能弹弹琴唱唱歌把满腔忧愁消除掉，可是不能放声高歌，只能弹声调比较急促细微的《清商曲》，只能低声吟唱比较紧促的《短歌》，这岂能消愁？只是徒增烦恼罢了。

　　明月皎皎照我床，星汉西流夜未央。
　　牵牛织女遥相望，尔独何辜限河梁？

一个彻夜辗转无眠的妇女，一轮照着床帏的多情满月，银河西倾，漫漫黑夜，还有那仅仅遥遥相望而无法相聚的牵牛织女，你们是因为犯了什么过错而被大河生生地隔绝开？这一问不仅是问两颗星，更是问自己。同病相怜增添了些许温暖，但这种画饼充饥的"温暖"又扩大了心中的空虚和无奈。

平虏将军刘勋妻王宋，入门二十年没有子嗣，后来刘勋喜欢山阳司马氏女，把王宋休掉。曹丕模拟王宋的口吻，作了两首《代刘勋出妻王氏杂诗》。其一：

翩翩床前帐，张以蔽光辉。昔将尔同去，今将尔同归。缄藏箧笥里，当复何时披？

诗歌以床帐的前后处境譬喻夫妻情感的变化。帐的张挂喻受宠，"蔽光辉"隐喻夫妻于床上的私密亲昵行为。将帐"同归"比喻被休，"缄藏"比喻离休后幽禁般的独居生活，"当复何时披"流露着对刘勋回心转意的企盼。诗歌的构思似乎受班婕妤《团扇诗》的影响，但《团扇诗》突出自身的才质美好，这个意思在本诗消失了。整首诗采用出妇对扇倾诉的口气，更凸显出妇有苦无处诉的孤弱处境。

建安十七年（212），建安七子的阮瑀病逝，曹丕与其有旧，伤其妻孤寡，作《寡妇诗》及《寡妇赋》以表达对死者的怀念，对生者的安慰。并命王粲同作，同时受命作诗作赋的还有曹植、丁仪诸人。一件不幸的事件又变成了诗人同题较量文学才华的机会。

对于曹丕的诗歌与为人，我们有这样的几点认识。

我们一般以慷慨悲壮、刚健雄浑等刚性词来描述建安诗歌的时代特征，但曹丕诗歌充满感伤色彩，幽哀柔美，总体上呈现出阴柔美，显示出建安诗歌的另一面。

曹丕写了不少思妇弃妇的悲哀，但很难算是对妇女的同情，或者说真正的同情。他的诗歌总是刻意夸大妇女对丈夫无限思念无限忠贞的一面，无论她的丈夫是如何无情无义。这完全是从男性立场出发，是男人眼中的妇女，而非真实的妇女。无论男人如何伤害妇女，妇女总是深情惓惓，这是男人的臆想，也是男人的渴望。整个古代的思妇诗、弃妇诗其实均大致如此。

曹丕的诗歌写得哀婉动人，但这并不意味着他本人一定是善良且富有同情心的。第一，曹丕生性具有多愁善感的文人气质，但这跟同情心还不完全是一回事。第二，由于个人的气质和当时审美风气的影响，曹丕以悲为美。而这种感伤文学产生、盛行的根源，朱光潜认为是哀怜癖这一人类本性以及"自居高贵深沉"的风气、虚荣心的作祟，并强调阅读感伤文学所获得的满足仅仅是一种低等原始的本能的满足，并非审美快感。朱光潜措辞尖锐，观点或有过激之处，但其深刻性无疑值得深思。①

① 朱光潜：《欣慨室中国文学论集》，北京：中华书局2012年版，第65页。

　　中国传统文学历来注重人文一致，但曹丕的实际形象与其诗歌特点却差异甚大。曹丕诗歌主要有游宴诗、言志诗及征夫思妇诗三类。前两者最贴近他的生活，却写得不好。难道诗歌可与作者的性情如此不一致？其实未必。现实中的曹丕虚伪阴险。据《世说新语·贤媛》记载，曹丕在曹操刚死后即把侍奉曹操的姜伎据为己有。他的母亲卞后得知后非常愤慨地骂曹丕："你如此无耻，你剩余的食物，连狗鼠这样的畜生都不屑于吃。"曹丕对待兄弟极其猜忌苛酷，当时的诸侯身如囚徒，"思为平民而不得"。至于之前与其争夺继承人的最有力竞争者曹植，处境更是悲惨。流传的他命曹植七步之内作诗，不成则要处斩的故事，虽然未必真实发生，但所反映的他必欲置曹植于死地而后止的情感却是真实的。甄氏原为袁熙妻子，在曹操攻占邺城后，曹丕见其貌美而娶之，极受宠爱。曹丕"践阼之后，山阳公（曹丕给汉献帝的封号）奉两女以嫔于魏，郭后（时为贵嫔）、李、阴贵人并爱幸，后愈失意，有怨言。帝大怒，二年六月，遣使赐死，葬于邺"。因为怨言而赐死，可见其无情。又据《汉晋春秋》记载："甄后之诛，由郭后之宠，及殡，令被发覆面，以糠塞口，遂立郭后。"曹丕竟至于辱及死尸，可见其冷酷。他的刻毒以及对权力的欲望，在现实中体现为对违背其意愿之人的毁灭，而又在诗歌中通过设想哀怜而不忘旧情的形象获得满足。现实中的行为与诗歌中的想象，从正反两方面满足了他的愿望。他的人与文在更深层次上是相当统一的。

第六节 做无益事遣有涯生——曹植

一

曹植青少年时期，曹操已经平定北方，政治比较稳定，经济也获得比较快的恢复。曹植在这种时代氛围中，作为一个贵族公子，过着悠游逸乐的生活。他天资高，记忆力很强，又好学。十多岁已经诵读《诗经》《论语》及辞赋数十万言。他的才华尤其体现在思维的敏捷及华丽的文采方面。每次曹操提出难题考验他，他都能应声而对。曹操曾经看过他的文章，以为他请人代写，曹植说："我言出为论，下笔成章，您如果不信，可以当场测试我，怎么能够说我找人代写文章呢？"曹操修铜雀台成，让诸子都登台游赏并作赋，他立即一挥而就，文采甚有可观。他性情平易通脱，不太讲究表征等级地位的繁文缛节，生活也节俭，车马服饰都很朴素。曹植应对敏捷、富有文采，性情简易、节俭，故而特别受到曹操的宠爱，甚至数次有立他做继承人的打算。

曹植会见邯郸淳的情形最能见出曹植的性情及才艺：

植初得淳甚喜，延入坐，不先与谈。时天暑热，植因呼常从取水自澡，讫（完成），傅粉（涂抹脂粉）。遂科头（不着帻巾）

拍袒（拍打裸露的上身），胡舞五椎锻（针对五椎的健身舞蹈），跳丸击剑（用手或脚同时抛接玩弄多个丸铃和多把短剑的高难度杂技表演），诵俳优小说数千言，讫，谓淳曰："邯郸生何如邪？"于是乃更著衣帻，整仪容，与淳评说混元造化之端，品物区别之意，然后论羲皇以来贤圣名臣烈士优劣之差，次颂古今文章赋诔及当官政事宜所先后，又论用武行兵倚伏之势。乃命厨宰，酒炙交至，坐席默然，无与优者。及暮，淳归，对其所知叹植之材，谓之"天人"。（《三国志》裴注引《魏略》）

曹植见邯郸淳来拜访，极其高兴，为了获取这位博学有才章的前辈的青睐，他极力展现自己的才艺学识。第一阶段是打扮成一个杂技演员，表演"胡舞五椎锻，跳丸击剑"，"诵俳优小说数千言"，此为俗文化；第二阶段严妆打扮，进行清谈。所谈内容涉及宇宙论、历史人物、文学、时政及军事理论，此为雅文化。

曹植在宴会上展现这些才学，也获得邯郸淳的高度评价，由此可见当时的风气。此时的士大夫形象已经与"经明德修"的汉儒有非常大的差异了，他们对人类社会的方方面面都有极大的兴趣，以极大的精力去学习去探索，知识、技能已经不限于经史、琴书等雅文化的范围。他们的性情也已经不再是高大严肃，拘束于儒家道德伦理了，而是平易洒脱，接待宾客无须按宾主之礼，贵族士大夫可以扮演最为卑微的俳优。

曹植的诗歌创作以曹丕称帝（220）分为前后两期。对他早期的诗歌创作，谢灵运评价为"公子不及世事，但美遨游，颇有忧生之嗟"。游览聚宴是他主要的生活内容，他也写了不少诗歌来表现他的这种生活。《斗鸡篇》写厌倦了欣赏歌舞，百无聊赖，于是又聚集一大批宾客观看斗鸡。《公宴诗》写白天饮宴后乘兴夜游铜雀园的情形。内容并无深刻之处，但写得很好。如写斗鸡："群雄正翕赫（盛怒），双翅自飞扬。挥羽激清风，悍目发朱光。嘴落轻毛散，严距（雄鸡爪子后面突出像脚趾的部分）往往伤。长鸣入青云，扇翼独翱翔。"斗鸡激战前的振翅怒视、嘴啄距刺和胜利后的长鸣翱翔，历历如在眼前。《公宴诗》写月光下的园林美景："明月澄清景，列宿正参差。秋兰被长坂，朱华冒绿池。潜鱼跃清波，好鸟鸣高枝。"秋夜天空明亮澄澈、秋兰红莲斗妍、鱼跃鸟鸣，一派生机勃勃景象，完全没有文人动辄悲秋的滥调。描写也相当讲究，两句天象、两句植物、两句动物，有光有形、有声有色。"被""冒"也推敲得非常精当。这两篇诗歌，都能见出曹植少年得志、意气风发的心态，也显示出他过人的文学才华。他的《箜篌引》最能反映他早年的忧生之嗟：

置酒高殿上，亲交从我游。中厨办丰膳，烹羊宰肥牛。秦筝何慷慨，齐瑟和且柔。

阳阿奏奇舞，京洛出名讴。乐饮过三爵，缓带倾庶羞。主称千金寿，宾奉万年酬。

久要不可忘，薄终义所尤。谦谦君子德，磬折欲何求。惊风飘白日，光景驰西流。

　　盛时不再来，百年忽我遭。生存华屋处，零落归山丘。先民谁不死，知命复何忧。

　　诗从开头到"磬折欲何求"，铺陈丰膳、音乐（器乐、舞、歌）、主客酬酢，极写宴饮的尽兴和谐。后半部分写乐极生悲。"惊风飘白日，光景驰西流"，夸张地渲染了太阳西坠、夜幕降临的急遽感，把时间的流逝写得相当惊心动魄。"生存华屋处，零落归山丘"把贵族生前的繁华与死后的落寞作了鲜明的对比。生前的热闹繁华增强了对死的厌恶，死亡的落寞又增强了对生的眷恋。权力财富给人以力量和尊严，却并不能改变死亡的必然命运，这是多么的无奈。这两句诗表达出上流社会对于生死的复杂情感，因而引起了许多贵族的强烈共鸣。

　　《名都篇》：

　　名都多妖女，京洛出少年。宝剑值千金，被服丽且鲜。斗鸡东郊道，走马长楸间。

　　驰骋未能半，双兔过我前。揽弓捷鸣镝，长驱上南山。左挽因右发，一纵两禽连。

　　余巧未及展，仰手接飞鸢。观者咸称善，众工归我妍。归来宴平乐，美酒斗十千。

　　脍鲤臇胎鰕，寒鳖炙熊蹯。鸣俦啸匹侣，列坐竟长筵。连翩击鞠壤，巧捷惟万端。

白日西南驰，光景不可攀。云散还城邑，清晨复来还。

诗歌表现京洛少年裘马轻狂的奢逸生活。起笔两句以京洛名都妖女作陪衬，京洛名都的奢华喧嚣、娇艳美女与少年的疏狂风流相得益彰。接着写佩剑、衣服，斗鸡、走马，最后浓墨重彩，刻画打猎及宴饮两事。详略得当，剪裁有法。

打猎一节，从发现猎物、驱逐、射杀到观众的赏誉，叙事首尾完整，充满动感。尤其是对人物精神状态的刻画，非常精彩。跑马未半，发现猎物便改变心意、穷追猛逐，很能见出青年心血来潮、唯求刺激的心态。至于"余巧未及展，仰手接（迎面射）飞鸢。观者咸称善，众工归我妍"更能见出他急于展现技巧获得认同的心理，并且最终也在他人的佩服中心满意足。宴饮一节，先写美酒的价格、佳肴表现宴会的丰盛，次写聚会人员的众多和情投意合，再写宴会的击鞠击壤等娱乐节目，最后写散会及希望再继续的沉醉心情。

诗歌塑造了京洛少年疏狂放逸的群体形象，尤其是他们的才。斗鸡走马是才，诗中最为重点凸显的骑射是才，至于击壤击鞠的"巧捷惟万端"自然也是才，用生花妙笔、华丽辞藻加以表现，当然更是才，且是"诗才"。刘勰评建安诗人说他们"磊落以使才"，这话极其恰当。曹植在邯郸淳面前、他的写诗、他在诗中塑造的形象，都是"磊落以使才"。

二

220 年，曹丕代汉建立魏朝。他立刻铲除掉之前协助曹植争储的支持者，比如丁仪兄弟。曹植用"高树多悲风，海水扬其波。利剑不在手，结友何须多"来抒发他内心的愤慨和无奈。后来又立刻逼迫各兄弟赴封国就任。所封之地都极为贫瘠狭小，禁止他们擅自来京师朝拜，严禁藩王之间来往互通书信，又设监国谒者对各藩王进行严密的监视。表面是贵为治理封国的王，实际上封国这一弹丸之地就是他们的监牢，这些王不过是"圈养之豢物"而已。两年后，监国使者承曹丕的意思，诬告曹植醉酒放肆，挟逼使者。曹丕未尝不想致曹植于死地，但碍于他们两人共同的母亲卞太后，结果仅能把曹植贬爵。在贬爵的诏令中，他说曹植罪恶大，但他宽容大量，整个天下他都容纳得下，更何况是自己的同胞弟弟？

黄初四年（223），曹植等诸王到京师会节气。他写了两诗《责躬诗》献给曹丕。诗中对自己的罪行进行了严厉的剖析和谴责，并高度赞扬曹丕的仁爱如父如天如甘露，使自己如同枯树重新发芽、白骨重新长肉。在京师期间，曹彰暴死。据说是被曹丕毒死的，因为曹彰骁勇善战，拥有相当大的威望。离京回封国的途中，曹植写下了著名的《赠白马王彪》（并序）：

黄初四年五月，白马王、任城王与余俱朝京师，会节气。到洛阳，任城王薨。至七月，与白马王还国。后有司以二王归藩，道路宜异宿止，意毒恨之。盖以大别在数日，是用自剖，与王辞焉，愤而成篇。

谒帝承明庐，逝将归旧疆。清晨发皇邑，日夕过首阳。伊洛广且深，欲济川无梁。泛舟越洪涛，怨彼东路长。顾瞻恋城阙，引领情内伤。

太谷何寥廓，山树郁苍苍。霖雨泥我涂，流潦浩纵横。中逵绝无轨，改辙登高岗。修坂造云日，我马玄以黄。

玄黄犹能进，我思郁以纡。郁纡将何念，亲爱在离居。本图相与偕，中更不克俱。鸱枭鸣衡轭，豺狼当路衢。苍蝇间白黑，谗巧令亲疏。欲还绝无蹊，揽辔止踟蹰。

踟蹰亦何留？相思无终极。秋风发微凉，寒蝉鸣我侧。原野何萧条，白日忽西匿。归鸟赴乔林，翩翩厉羽翼。孤兽走索群，衔草不遑食。感物伤我怀，抚心长太息。

太息将何为，天命与我违。奈何念同生，一往形不归。孤魂翔故域，灵柩寄京师。存者忽复过，亡殁身自衰。人生处一世，去若朝露晞。年在桑榆间，影响不能追。自顾非金石，咄唶令心悲。

心悲动我神，弃置莫复陈。丈夫志四海，万里犹比邻。恩爱苟不亏，在远分日亲。何必同衾帱，然后展殷勤？忧思成疾疢，无乃儿女仁。仓卒骨肉情，能不怀苦辛？

苦辛何虑思？天命信可疑。虚无求列仙，松子久吾欺。变故在斯须，百年谁能持？离别永无会，执手将何时？王其爱玉体，俱享黄发期。收泪即长路，援笔从此辞。

全诗分七章，其一写离洛阳，渡洛水，抒恋阙之情；其二抒写路途艰难的苍凉之情；其三写兄弟被迫分别，怒斥小人离间；其四写初秋原野的萧条，抒发凄清孤寂之情；其五悲悼任城王曹彰，慨叹人生短暂；其六强自宽解，以豪言壮语和白马王曹彪互相慰勉；其七质疑天命神仙，以劝勉辞别作结。

诗歌以与曹彪的离别之情为中心，把来自皇兄曹丕的政治迫害、对曹彰的悼亡、与曹彪的生离死别，将天命、自然、人事融为一体，在形式上又采用每章末句与下章首句蝉联的辘轳体，大大地拓展了诗歌的容量，就像黄河九曲婉转而又始终浩荡奔腾一样，气势磅礴而又沉郁顿挫。

诗歌抒情手法丰富多变。如第四章是借景抒情："秋风发微凉，寒蝉鸣我侧。原野何萧条，白日忽西匿。归鸟赴乔林，翩翩厉羽翼。孤兽走索群，衔草不遑食。感物伤我怀，抚心长太息。"原野萧瑟的初秋暮色正是诗人苍凉心境的折射。细微的凉意，提醒着诗人秋天已悄然而来，白日降落的急遽感也让诗人内心深受触动。归巢的鸟儿迅疾地鼓动翅膀向着高大的树木飞去，离群的孤兽连衔在口中的草都无时间食用，只是一心奔跑着寻找兽群。鸟兽是多么迫切啊，难道诗人不迫切吗？可鸟儿尚有乔林可依据，孤兽尚有群可找，诗人呢？景之所以能抒情，是因为诗人总是在特定情绪下去感受景物，并依这种感受选择并表现在诗中，这样景物便带上了诗人的情绪。当我们设身处地时，自然也就感同身受。景物与诗人的处境构成或类似或相反的关系，当诗人的感受越丰富，诗的内涵便越丰富越含蓄。第五章是直抒胸臆。"孤魂翔故域，灵枢寄京师"，曹彰的灵魂到了旧域，本应有一种安定的归属感，但京师的曹丕根本不会欢迎他，他只能"翔"而不能止泊，他感到的只能是"孤"；他想葬于京师，却不能实现，他的灵枢只能暂时"寄"存而已。普遍平易的句子却已经非常充分地表现了曹彰对京师的眷恋和无奈，而这也是曹植的情感。"存者"两句由悼人过渡到悼己，以下六句对生命短暂的深切哀愁一气倾泻。但遣词造句错综变化，说"去若朝露晞"是用朝露被晒干譬喻短暂，"年在桑榆间，影响不能追"是强调主观上无论如何努力也挽回不了时间，"自顾非金石"是用金石的坚固与人的脆弱作对比，结果自然是仅能"咄喵令心悲"了。第六章也是直抒胸臆。一下子说"志"向远大，空间阻隔不成问题，一下子说情感深厚，离得再远也不会妨碍感情，一下子又说如果因离别而过于伤心生病那就有失丈夫气概，实际情况却正是空间阻隔非常成问题，忧思已成疾病，丈夫气概已被儿女情所代替。安慰别人的人其实最需要别人安慰，诗人只写值得欣慰的事情，却已经表达了自己的无奈；只写劝导别人，却也写到自己的无人安慰。仅写一面而实已兼顾两面，诗歌便非常含蓄了。诗人娴熟地运用多种手法，灵活地驱遣词句来自由贴切地表达心中的情意，这便是"诗才",便是"笔力"。古人常称赞曹植才高八斗,笔力矫健,便最鲜明地体现在这里。

曹丕死后,曹睿继位。大概因为帝位的替换以及他是新皇帝的亲叔父,曹植看到了一线希望。这一线希望激发起曹植长期压抑的政治热情及遭压抑的愤慨。他连续地上疏,畅谈时政,要求撤销藩王不能通问的禁令,当然最为关切的话题是希望曹睿能让自己到朝廷担任实际职务,或给予军权参与平吴平蜀的战争。这些愿望当然都一一落空。朝廷不断地向藩国征召士兵,他甚至写了《谏取诸国士息表》,表达自己贵为王侯却无权无兵的耻辱,并指责朝廷违背当初永远不向封国征召士兵的诺言。曹睿虽然表面尊崇曹植,但实际猜忌更加严重。太和六年(232),曹植有机会参与朝廷的正月元会,二月,曹睿以陈四县封曹植为陈王。在朝廷的短暂时间内,曹植总是请求曹睿赐予一个单独接见的机会,好让他畅谈对时政的看法,希望能被任用,但结果只有更深的失望。"既还,怅然绝望。时法制,待藩国既自峻迫,寮属皆贾竖下才,兵人给其残老,大数不过二百人。又植以前过(指其被诬'醉酒悖慢,劫胁使者'一事),事事复减半,十一年中而三徙都,常汲汲无欢,遂发疾薨,时年四十一。遗令薄葬。"

曹植究竟葬于何地,现在主要有四种说法。一是山东东阿县的鱼山,曹植曾封东阿王,《三国志·魏志·陈思王植传》记载:"初,植登鱼山,临东阿,喟然有终焉之志,遂营为墓。"因此这种说法最被认可。二是河南淮阳县的"思陵冢"。三是河南通许县七步村曹植墓。四是安徽肥东县八斗岭（古称鱼山）。这么多的疑似墓，反映出的是各地人民对曹植的敬仰与哀思。

曹植的一生是一出人生错位的悲剧。前期处于大有为的有利处境，却纵情于无益之事；后期处于只能以无益之事遣有涯之生的处境，却异常执着于做有益之事。最后抑郁而终。

曹植逝世后几年，他的侄子魏明帝曹睿下了一道《追录陈思王遗文诏》。诏令中一方面赞扬曹植能够深刻反省、竭力弥补自己的罪过，自少至终篇章不离手，极其好学；另一方面为他平反，销毁各政府机构之前对他的弹劾、议罪的公文，并选录曹植创作的百余篇"赋、颂、诗、铭、杂论"编成一个集子。诏令否定了曹植的政治价值（最多只是弥补其罪过）而认可他的文学才华。这个事件具有象征意义，事实上，曹植终其一生在政治上毫无作为，最后在极其强烈的精神重压下抑郁而终，但他既深刻且广厚的忧患意识，凭借着他奇崛的想象、华丽的辞藻，酿造出美轮美奂的作品，彪炳千古。

第七节　建安七子

曹丕在《典论·论文》中评述了孔融、陈琳、刘桢、王粲、阮瑀、应玚、徐干当时七位著名的文学家，故后人把他们合称为"七子"，视为建安文学的代表作家。这七人年辈有差异，孔融、陈琳与曹操年龄差不多；擅长的文体也不一样，陈琳、徐干、阮瑀更精于文,而王粲、刘桢更擅长诗。他们(除孔融外)与曹丕、曹植兄弟在邺城(今河北临漳)游览宴聚,诗酒风流。曹丕追述当时的情景是:"昔日游处,行则连舆,止则接席;何曾须臾相失。每至觞酌流行,丝竹并奏,酒酣耳热,仰而赋诗。当此之时,忽然不自知乐也。"(《与吴质书》)稳定优裕的生活环境,群体间的竞技切磋激发了写诗的热情,提高了写诗的技术,他们共同创造了建安诗歌的繁荣。

王粲最著名的作品是《七哀诗》三首,而第一首历来备受推崇:

> 西京乱无象,豺虎方遘患。复弃中国去,委身适荆蛮。
> 亲戚对我悲,朋友相追攀。出门无所见,白骨蔽平原。
> 路有饥妇人,抱子弃草间。顾闻号泣声,挥涕独不还。
> 未知身死处,何能两相完?驱马弃之去,不忍听此言。
> 南登霸陵岸,回首望长安。悟彼下泉人,喟然伤心肝。

这首诗最突出的是对东汉末年动乱的反映及诗人悲悯自我形象的塑造。

东汉末董卓擅权,开启了我国第一次军阀血腥统治。王允笼络董卓部将吕布刺杀了董卓。王允虽然忠贞,但刚愎自用、嫉恶太甚,执政缺乏变通,不但未能协调当时错综复杂的矛盾,甚至激起了灾难性的兵变。董卓部将李傕、郭汜率军攻陷长安,随后各军阀又互相攻伐，长安沦为人间地狱，米价暴涨，出现人食人局面。"西京乱无象，豺虎方遘患"就是这一现象的概括叙述。"出门无所见，白骨蔽平原"，以质朴的语言描绘了一幅尸骸遍野的惨厉画面。诗人还给我们描述了一件更细小更惊心动魄的事件。母亲对于幼雏比父亲更有一种强烈的本能，当一个孤独无援、饥寒交迫的妇女将要抛弃她的儿子时，情形又是如何呢？她把儿子抛弃在草间，行了几步，不禁回头聆听着儿子号泣的声音，可又有什么办法呢？在这兵荒马乱的时代，随时都可能面临死亡。她都不知自己会死在什么地方，又怎能使母子都活下去。她最终擦干了眼泪，一去不再回头。

乐府本是民歌，比较质朴，这首诗则明显文人化，质朴而其实惨淡经营，注重炼字，"复弃中国去"的"复"，"白骨蔽平原"的"蔽"均可见锤炼之功，对于饥妇及诗人自我形象都是精心刻画。诗人通过描述她弃子的整个过程，她的动作、神态、言语，表现了她痛苦挣扎、绝望的内心世界。诗人抓住登霸陵、回望这两个富有特定意义的动作，借助《诗经·下泉》所述周王室内乱的典故，非常丰富地表现了四顾茫然的自我形象。全诗结构相当严谨，诗从京城战乱叙起，接着叙自己启程作别亲人，叙所见、叙饥妇与儿子死别，最后归结到自己回望长安。场面依次展开，但情感内涵却逐渐累积，最终发于"喟然伤心肝"的沉痛。

陈琳的代表作是《饮马长城窟行》：

饮马长城窟，水寒伤马骨。往谓长城吏，慎莫稽留太原卒！

官作自有程，举筑谐汝声！男儿宁当格斗死，何能怫郁筑长城。

长城何连连，连连三千里。边城多健少，内舍多寡妇。

作书与内舍，便嫁莫留住。善待新姑嫜，时时念我故夫子！

报书往边地，君今出语一何鄙！身在祸难中，何为稽留他家子？

生男慎莫举，生女哺用脯。君独不见长城下，死人骸骨相撑拄。

结发行事君，慊慊心意关。明知边地苦，贱妾何能久自全？

《饮马长城窟行》是乐府旧题。陈琳诗作以秦代统治者驱使百姓修筑长城的史实为背景，通过役夫与官吏、役夫与妻子书信往返表现徭役的苛酷和夫妻情意的深笃。男子"宁当格斗死"，不愿"怫郁筑长城"，也敦促妻子改嫁，不愿连累妻子。妻子批评丈夫"出语一何鄙"，又以"何能久自全"向丈夫表达忠贞之情并勉励丈夫活下去。夫妻都是慷慨激昂而又富于深厚感情，在苦难生活面前相濡以沫，人性的光芒熠熠生辉，这种形象在后代的同类诗作中几乎绝迹。为了表现徭役的繁苛、官吏的残暴，或者为了表现妻子思念夫君的情意，都把役夫、思妇塑造成可怜虫，读之令人英雄气短。正直尽职的官员，如白居易面对辛苦劳作而食不果腹的田夫，慨叹"今我何功德？曾不事农桑。吏禄三百石，岁晏有余粮，念此私自愧，尽日不能忘"（《观刈麦》）。韦应物"身多疾病思田里，邑有流亡愧俸钱"（《寄李儋元锡》）。同情之中却没有他们的闪光点。

刘桢的诗歌质朴而有气骨。如《赠从弟》三首：

泛泛东流水，粼粼水中石。苹藻生其涯，华叶纷扰溺。
采之荐宗庙，可以羞嘉客。岂无园中葵，懿此出深泽。（其一）

亭亭山上松，瑟瑟谷中风。风声一何盛，松枝一何劲！
冰霜正惨凄，终岁常端正。岂不罹凝寒，松柏有本性！（其二）

凤凰集南岳，徘徊孤竹根。于心有不厌，奋翅凌紫氛。
岂不常勤苦，羞与黄雀群。何时当来仪，将须圣明君。（其三）

三首诗全用比体。第一首以生于深涧的苹藻可以荐祭宗庙、招待宾客比喻地位卑贱的人，只要自身有操守，终将得到赏识任用。第二首以松柏抗风霜譬喻应保持端正本性始终不渝。第三首以凤凰对食物及栖息地的严格要求譬喻君子应该慎于出处。

这三首诗是刘桢的代表作，也是咏物诗的典范之作，历来受到相当高的评价，影响深远，在一定程度上反映了中国传统诗歌乃至文化的重要特点，即重品。刘桢并不对物象做细致刻画，而是重在取物之"神"，这个"神"是物象的特点，更是诗人人格的投射。一首咏物诗，由于寄托了诗人的情志，便成为诗人人格的象征，便有了品。

刘桢这三首，以第二首影响最为深远，除了其艺术更加成功，还在于其所取之象及寓意更具深刻性和普遍性。士大夫重视道德节操，是不分贵贱尊卑、在朝与否的，所以《大学》便谓："自天子以至庶人，一以修身为本。"并且这种在困境中保持节操的力量，是以对节操的坚持和守护为特征的，而非通过征服或逃避困境来解决。这种力量是一种忍辱的、内敛的力量。"冰霜正惨凄，终岁常端正。岂不罹凝寒，松柏有本性"，就是这种精神的体现。而第一首诗以苹藻譬喻出身卑贱之人，但只要有美质必将受任用，这只适用于一部分人。至于第三首诗中的凤凰，五彩离披、声如笙歌，只在天下太平之时才出现，是祥瑞的象征，拥有着高贵华丽神圣的特性，也不适合于代指一般的士大夫。

徐干有一组著名的《室思》诗，以女子的口吻诉说对远方丈夫的深情思念。其第三章末四句是："自君之出矣，明镜暗不治。思君如流水，何有穷已时。"明镜沾满灰尘变暗也不擦拭，因为无心梳妆打扮。这是为了表达思妇对丈夫的情意及忠贞，她只为丈夫打扮，同时也为了避嫌。他人或许会胡乱猜测，丈夫都不在了，打扮给谁看呢？莫非有了其他人？"明镜暗不治"准确地抓住了这一典型心理并给予了表现。后两句用流水来比喻思妇情感的缠绵缱绻、无穷无尽，非常新颖贴切。这四句诗把思妇复杂丰富的内心表现得细腻入微，言近情邈，深受赞赏。南朝以来，不断有人模拟此作，"自君之出矣"遂成为独立的乐府诗题。郭茂倩《乐府诗集》编入"杂曲歌辞九"，收录的同题作品共 20 首，作者自南朝宋孝武帝刘骏、江夏王刘义恭至唐代雍裕之、张祜等。与其他的拟乐府诗不同，《自君之出矣》基本上都保持着徐干原诗的内容和形式，即标题与内容始终一致，而且大都是四句一篇，其首句必称"自君之出矣"，次句叙述一件事实，后两句则以"思君如××"引出各种比喻，类似于同题作文。这好比是戴着镣铐跳舞，既容易流于生硬、枯索，也容易显示出优劣。通过这一乐府题目的模拟，我们可以看到，揣摩独居妇女思念丈夫的心情似乎是古代文人根深蒂固的爱好，同样的题旨格式，既容易模拟学习，也为诗人提供了一个小小的竞技平台。

第三章　正始的清谈与诗歌

正始（240—249）是三国时期曹魏君主齐王曹芳的第一个年号，共计10年。249年正月，司马懿发动高平陵政变，诛杀曹爽一党，四月改元嘉平。文学史上的"正始"指的是曹魏后期，清谈玄学正式形成，诗风由建安的慷慨悲壮转为玄远超脱。

第一节　"浮华案"与正始清谈

魏明帝曹睿太和年间，一些刚刚步入仕途的贵族子弟云集于京师洛阳，他们聚众交游、品评人物、清谈名理，风靡于上流社会的青年知识群体中。这在魏明帝和朝中当权的建安老臣眼里，无疑属于破坏政治体制、社会秩序和意识形态的危险行为，按当时的罪名叫作"浮华交会"或"浮华朋党"，因此魏明帝最终在太和六年（232）下令对该成员进行罢免和禁锢。这就是所谓的"浮华案"。

一

这个集团的核心是夏侯玄、何晏和邓飏。《傅子》：

何晏以材辩显于贵戚之间，邓飏好变通，合徒党，鬻（卖）声名于闾阎（民间），而夏侯玄以贵臣子少有重名，为之宗主。

这三个人的地位和特点有所不同。夏侯玄是领袖，他出身于显赫的夏侯家族。这个家族自曹操起兵便一直追随，夏侯惇、夏侯渊等皆英勇善战，为曹魏政权的建立和巩固立下了赫赫战功，①而且两家族累世互为婚姻。夏侯玄的母亲就是魏文帝曹丕的妹妹，父亲夏侯尚与曹丕终身保持着非常深厚的情谊。夏侯尚死后，曹丕在诏令中公开说夏侯尚"虽云异姓，其犹骨肉，是以入为腹心，出为爪牙"。两家族通过军政、婚姻，荣辱与共，唇齿相依。夏侯玄这样的出身，再加上他本人出类拔萃的人格风度、文采思想，所以《傅子》说他"以贵臣子少有重名，为之宗主"。但他得罪了魏明帝曹睿，受到贬抑。

何晏原是汉末外戚何进之孙，他的母亲被曹操纳为妾，他也就成了曹操的养子，很受曹操的宠爱。他接触的自然多是尊贵的皇亲国戚。所谓"材辩"，指人才论辩，也即自汉末以来的以人物品评为主的清议。作为荐举制选官制度的人才依据，汉魏之际人物品评活动十分活跃，来自"民间"的人才清议舆论所形成的

---

① 据说曹操原应该姓夏侯。曹操的父亲曹嵩是汉末大宦官曹节的养子，原是夏侯家族的人，随曹节改了姓。

声价，直接影响着未来的仕途通塞。而引起清议注意的最佳方法，是加入人物品评中心，结交人才鉴识权威。经过人才鉴识专家品评赞扬的人，往往身价倍增，当时称为"登龙门"，就是如鲤鱼跳龙门变成龙的意思。而这样的人才权威也被誉为"一世龙门"，他能够左右政府的人才选拔，具备参与高层政治活动的资格。何晏因为这样的出身，具有突出的人物品鉴能力，所以说他"以材辩显于贵戚之间"。但他由于恣情任性及一些浮夸的作风，一直受到曹丕、曹睿父子的压制，仅仅担任冗官一类的虚职。曹睿比较看重的，大概就是他的文采和容颜。曹睿生活奢侈，大兴土木，受到部分正直朝臣的严厉批评，可景福殿落成后，曹睿便找来何晏创作一篇《景福殿赋》为自己歌功颂德。这篇赋收入《文选》，可见文采确实出众。自汉末起，一些男子有擦粉化妆的爱好，何晏也是如此。他对自己的容貌非常满意，比较自恋，无论闲坐还是行动，"粉白不离手，顾影自怜"。曹睿一直怀疑何晏的皮肤如此白皙有光泽，肯定是因为擦了粉。一次宴会，曹睿故意让何晏饮热汤。何晏热得满头大汗，但擦干汗之后，皮肤还是那样的白嫩光滑，可见何晏的皮肤原本就很好。

夏侯玄、何晏等人，出身尊贵，有才能名望，年轻气盛，对自我的政治期望值自然就高。可现实中受到压制，聚结朋党，利用清议营造舆论自然是最佳选择。这个团体的规模确实在扩大，据《世说新语》记载："是时，当世俊士散骑常侍夏侯玄，尚书诸葛诞、邓飏之徒，共相题表，以玄、畴四人为四聪（聪明），诞、备八人为八达（通达），中书监刘放子熙，孙资子密，吏部尚书卫臻子烈三人，咸不及此，以父居势位，容之为三豫（参与），凡十五人。"这其中有三个不同的等级。他们的这种行为，毫无疑问是对汉末党人的模仿和继承。这个集团的规模虽然不大，但毫无例外都出身权贵之家，有些成员已经在朝廷占据比较重要的地位。相同的政治、文化背景及年龄（大概都在 20～30 岁），使他们迅速产生认同感而融为一体。

这一团体的政治影响不容小觑，其清议的标准也与朝廷的意识形态有非常明显的冲突。

初，夏侯玄、何晏名盛于时，司马景王（司马师，字子元，谥为景王）亦预焉。晏尝曰："唯深也，故能通天下之志，夏侯太初是也；唯几也，故能成天下之务，司马子元是也；惟神也，不疾而速，不行而至，吾闻其语，未见其人。"盖欲以神况诸己也。（《魏氏春秋》）

何晏对夏侯玄和司马师的评语都甚高，韩康伯对"深"和"几"的注释为"极未形之理则曰深，适动微之会则曰几"。其思想深度已接近通玄体道的境界，但仍不如"不疾而速，不行而至"的"神"，只有"神"才达到了与"道"合一的境界。何晏大意是说：夏侯玄思想深刻，能通晓天下的道理；司马师洞察隐微，明能见机，所以能完成天下的事功。而何晏自己则达到了出神入化与宇宙大道一体的最高境界。从总体上看，何晏品评人物的显著特征是注意人的内在气质和精神，尤其是以人们的认识能力"识"体悟"道"的水平为人才高低的标准，而不甚注意外在形迹及具体事功，这已经是比较明显的玄学标准。

但魏明帝治国是尊崇儒学、重视选拔有能力有功业的人才。在其继位次年便下了一道诏令："崇儒贵学，王教之本也。自顷儒官或非其人，将何以宣明圣道？其高选博士、才任侍中常侍者。申敕郡国，贡士以经学为先。"这标志着魏晋政权由名法之治向经术治国转化。两年后魏明帝又下了一道《禁浮华诏》："世之质文，随教而变。兵乱以来，经学废绝，后生进趣，不由典谟。岂训导未洽，将进用者不以德显乎？其郎史学通一经，才任牧民，博士课试，擢其高第者，亟用；其浮华不务道本者，皆罢退之。"通过提拔、任用"以德显""学通一经"的郎吏来抑止放荡的士风，所用的标准其实便是东汉的"经明德修"。诏令中"浮华不务道本者"的"道本"，指的便是儒家的经术和道德规范。而后，司徒董昭又上了一封奏章痛斥当时后生的堕落风气："后生年少不复以学问为本，专更以交游为业；国士不以孝悌清修为首，乃以趋势游利为先。合党连群，互相褒叹，以毁訾为罚戮，用党誉为爵赏，附己者则叹之盈言，不附者则为作瑕衅。"董昭甚至把他们比作之前先后发动政变未遂的青年官员魏讽和曹伟，要求对他们实施严厉制裁。魏明帝也深感事态严重，随即下诏令对他们实施罢黜和禁锢。

从浮华案的始末可以看出，太和年间以夏侯玄、何晏为首的这批名士，其实是一个政治集团。他们出身权贵家族，已经或即将进入政坛；怀着与当朝意识形态不同的异端思想；以结党和清议为主要手段，积极谋求政治利益。

二

随着正始元年（240）曹爽的辅政，这一大批曾经遭受压制的名士重回政坛，成为曹爽集团的骨干成员。他们的政治目的已基本实现，清议的重要性降低了，但清谈涌起了新的高潮，并且随着少年哲学天才王弼的横空出世，清谈的义理水平达到空前的高度，史称正始名士和正始玄风。

王弼（226—249），字辅嗣，三国曹魏山阳郡高平（今山东金乡）人。"幼而察慧，年十余，好老氏，通辩能言。"

何晏任吏部尚书时，很有地位和声望，当时擅长清谈的宾客常常满座，还不到二十岁的王弼也去拜会他。何晏听过王弼的名声，便分条列出自己的见解，对王弼说："这些玄理我认为是谈得最透彻的了，还能再反驳吗？"王弼立即提出反驳，满座的人都觉得何晏理屈。王弼意犹未尽，又"自为客主数番"，所谈玄理都非在座之人能想到。

又一次，何晏刚注释完《老子》，就去拜访王弼；见王弼的《老子注》见解精微独到，于是心悦诚服，赞叹道："像这样的人，才可以和他讨论天人关系的问题！"（"若斯人，可与论天人之际矣。"）于是把自己所注的内容改写成《道论》《德论》两篇。

《世说新语》记载：

> 王辅嗣弱冠诣裴徽，徽问曰："夫无者，诚万物之所资，圣人莫肯致言，而老子申之无已，何邪？"弼曰："圣人体无，无又不可以训，故言必及有；老、庄未免于有，恒训其所不足。"

《老子》说"天下万物生于有，有生于无"，玄学家裴徽也承认"无"是万物的本体，是万物的依靠。但一个非常重要的问题随之产生了，即历来都公认孔子是圣人、六经是经典，而老子只是大贤，《老子》和《庄子》仅是一般言论集，现在既然承认老子揭示了宇宙本体，那孔子、老子的地位岂不应颠倒过来？王弼说，不必颠倒，孔子其实是知道宇宙的本体是"无"，并且已经在精神上与"无"融为一体了。但"无"又无法直接通过言辞进行解释，故而他必须讲"有"以让人通过"有"体悟到"无"。老子、庄子讲"无"，这说明他们仅知道宇宙的本体是"无"而已，但在精神上还做不到与"无"融为一体，所以他们老是解释他们所做不到的。王弼维护了儒家圣人和经典的尊贵地位，但经他的重新阐释，"无"成为宇宙的本体，儒家圣人成了"体无"的理想人格，儒家经典的最终目的也是要揭示"无"，这实际上是把儒学玄学化了。他用有无、对言意关系的创新性见解，解释了《老子》，也解释了儒家经典《周易》《论语》等。

正始十年（249），蓄谋已久的司马懿联合朝中一批儒家豪族官僚，发动高平陵政变，并最终以谋反罪诛杀了曹爽一党。"收（逮捕）爽（曹爽）、羲（曹羲）、训（曹训）、晏（何晏）、飏（邓飏）、谧（丁谧）、轨（毕轨）、胜（李胜）、范（桓范）、当（张当）等，皆伏诛，夷三族。"（《三国志·曹爽传》）"支党（党羽）皆夷及三族，男女无少长，姑姐妹之适（嫁）人者皆杀之。"（《晋书·宣帝纪》）这是斩草除根式的血腥杀戮。造成这种"一日而天下名士减半"的局面，不单单是因为名士思想异端，行为不合礼法，更重要的是，像何晏这样的名士，本来就是把持朝政的政治人物，他们不仅有谈论宇宙本体的清谈，而且有批评政治的清议。司马懿这种酷虐的做法，其实也是要释放出这样的信号：清谈可以容忍，清议就绝对不行了；聚会可以，结党谋求政治利益就杀无赦。

司马懿、司马师相继去世，司马昭执政。据李秉《家诫》记载，一次司马昭训诫下属要"清廉、勤恪、谨慎"后，问在座的官员这三点哪点最重要。有人说"清廉"，有人说"勤恪"，李秉说"谨慎"最重要，因为"清者不必慎，慎者必自清"，"《易》称'括囊无咎'，'藉用白茅'，皆慎之至"。括囊是绑紧布袋口子，比喻保持沉默以隐藏智慧，这样不会带来灾害。"藉用白茅"是指祭祀时在祭品下面铺垫白茅草，以示郑重虔诚。司马昭大表赞同，让李秉举出当时最为谨慎的人。李秉连举了几位，司马师都认为达不到"至慎"的标准。他说："天下之至慎，其惟阮嗣宗（阮籍）乎！每与之言，言及玄远，而未曾评论时事，臧否人物，真可谓至慎矣。"为什么说阮籍最谨慎呢？因为他"未曾评论时事，臧否人物"，即不清议，"言及玄远"即只清谈。李秉说他"每思此言，亦足以作为明诫。凡人行事，年少立身，不可不慎，勿轻论人，勿轻说事，如此则悔吝何由而生，患祸无从而至矣"，并郑重地记录下来作为家诫。李秉认为最足以作为明诫的即是"勿轻论人，勿轻说事"，就是说不要清议。经过司马懿的杀戮、司马昭的警告倡导，士大夫迫于政治压力，清议之风衰落，而清谈却大盛了。这是整个士阶层的总体趋势，而阮籍起到了重要的作用。

正始名士与之前的汉末、稍后的竹林、西晋元康时期等名士相比，有突出的特点。正始名士的清谈，除了谈玄，人物品评也是非常重要的内容。这是对汉末清议的继承，但评价的标准已经发生了根本性的变化。竹林、元康名士的清谈固然也有人物品评，这种象征性的品题固然也能提高一个人的社会地位，也能作为中正的参考，但所产生的政治影响不可与正始同日而语。

他们以辩名析理的思维方式，通过著论和注疏经典，确立了玄学的本体论和政治论。何晏等的《论语集解》已经体现出这种倾向，而王弼则完成了这一历史使命。他在24年的短暂一生中，完成了《老子注》《老子指略》《周易注》《周易略例》《论语释疑》《周易大衍论》《周易穷微论》《易辩》等不朽之作。竹林名士的嵇康和阮籍，他们讨论的中心问题已经转为人的精神境界，或者说是人生哲学，他们也不注书，而是著论发挥自己的见解。

第二节　竹林七贤

竹林七贤指的是三国时期曹魏后期的七位名士：嵇康、阮籍、山涛、向秀、刘伶、王戎及阮咸，因他们常在当时的山阳县（今修武一带）竹林之下喝酒、纵歌，肆意酣畅，故世谓之"七贤"。

一

竹林名士与正始名士有非常大的差异，他们大致属于出身比较低微的青年才俊，未能获得显要的官职，因而在曹魏集团与司马氏集团的生死搏斗中，他们或主动或被迫，都采取了远离政治是非的隐逸立场，故而得以保全。

竹林七贤并非政治集团，也不是文学集团，将他们联系在一起的是比较一致的人生价值观、文化修养等，至少在正始时期是如此。思想上，他们遵循"越名教而任自然"的原则，否定修身齐家治国平天下的价值观和人生轨道，否定维持社会等级秩序的礼法制度，追求自由平等。

竹林七贤擅长清谈，精于人物鉴赏，且有很深的玄学修养，见解独到深刻。阮籍的《达庄论》《大人先生传》、嵇康的《养生论》《释私论》都是玄学思想史上的不朽篇章。向秀有"庄子重生"的美誉，他的《庄子注》深刻地揭示了《庄子》一书的义理，是《庄子》在魏晋之际复兴的第一大功臣。

他们还富于才艺。阮籍、嵇康及阮咸都具有非常杰出的音乐演奏才能及理论修养。阮籍擅啸歌，有《乐论》；嵇康精擅弹琴，他的《琴赋》是描绘琴音、琴德的名篇，他的《声无哀乐论》直探音乐本质，是一篇空前的、真正意义上的音乐论文；阮咸擅弹琵琶，他在西域琵琶的基础上改造的琵琶被后人命名为"阮咸"，简称"阮"，在中国音乐史上仅有阮咸有此殊荣，他对音乐的辨识极其精微，当时有"神解"之誉，并著有《律议》。他们既是杰出的演奏家，也是杰出的音乐理论家。

竹林七贤因清谈、越名教而任自然的隐逸、放荡行为出名，这是他们得以并称的重要原因。当然，这只是就他们在正始后期这一特定的历史时期而言，如果就他们一生而言，则他们的政治态度、人生价值观的差异还是比较大的。嵇康坚决拒绝与司马氏合作，采取绝对的超然于政治的态度，因此被杀。阮籍采取的是一种若即若离、依违的态度。他一方面借大醉拒绝与司马氏的联姻，也不热衷参与政治；但另一方面又长期担任司马氏父子的属吏，经常参加司马氏的各种宴会。他最为道德家诟病的是为郑冲等人作了敦促司马昭接受九锡礼并加封晋王的《劝进表》。这或许是无奈，但也表明阮籍陷入政治之深。山涛的态度比较明朗，他基本上是积极谋求仕进，为司马氏代魏立下汗马功劳，长期主持官员的选拔考核，工作相当称职，为官清廉谦让。如果抛开传统的君臣大义，他确实是一个相当优秀的官员。向秀、刘伶、阮咸都有或长或短的仕宦生活，但无恶迹也无善政。七贤中最恶劣的是王戎。

任诞之风是魏晋名士最富特色的行为方式，最为集中地体现了人性与礼法的冲突，魏晋文化的精华与糟粕。竹林七贤是这种风气的开创者。正始名士只是在理智上、知识层面上接受老庄思想，而竹林七贤则把老庄思想内化为自己的情感需要、人生价值观并付诸实践。他们为什么要毁礼任诞呢？

一是要批判虚伪僵化的礼法及礼法君子。阮籍《大人先生传》讽刺他们是生活在裤缝中的虱子，是导致天下大乱的罪魁祸首："今汝尊贤以相高，竞能以相尚，争势以相君，宠贵以相加，趋天下以趣之，此所以上下相残也。竭天地万物之至，以奉声色无穷之欲，此非所以养百姓也。于是惧民之知其然，故重赏以喜之，严刑以威之。财匮而赏不供，刑尽而罚不行，乃始有亡国、戮君、溃败之祸。此非汝君子之为乎？汝君子之礼法，诚天下残贼、乱危、死亡之术耳！"

二是追求人性的解放，承认人性中各种欲望的合理性。嵇康《难自然好学论》云：

六经以抑引为主，人性以从欲为欢。抑引则违其愿，从欲则得自然。然则自然之得，不由抑引之六经；全性之本，不须犯情之礼律。故仁义务于理伪，非养真之要术；廉让生于争夺，非自然之所出也。由是言之：则鸟不毁以求驯，兽不群而求畜。则人之真性无为，正当自然耽此礼学矣。

嵇康的意思是人的本质特征是放纵种种欲望，欲望得到了满足才能感到快乐。所以纵欲才算是符合自然原则的生活方式（从欲则得自然），才是保全本性不受损害的根本（全性之本），才是培养真正性情的关键方法（养真之要术）。至于礼法律制、仁义廉让等伦理观念都违背了"人性以从欲为欢"的根本原则，都须予以彻底唾弃。这就是他所说的"真性无为"。"真性"即纵欲，"无为"即无须学习、遵守六经、礼律和一切伦理道德观念。嵇康奏响了追求人性解放的最强音。但仔细思考，也不难发现嵇康的思想其实是经过仔细论证的精致的纵欲论，也不难发现老庄思想复兴的原因。老庄思想的"自然""全性""养真""无为"等核心观念为纵欲提供了强大的哲学支持，使这种纵欲的追求变得更明确、更合理。

三是追求精神的绝对自由。嵇康的《释私论》、阮籍的《大人先生传》、刘伶的《酒德颂》对此有集中的论述。

然而，七贤任诞之风有两大弊端。一是过度毁坏礼法伦理道德观念。人的各种欲望泛滥无节制，人性中丑陋阴暗的一面也过度膨胀。二是过于强调精神的绝对自由。比如刘伶不重视参政、不追求富贵、不重视家业养生，甚至不重视著述，只管饮酒。他竭力追求逍遥游，彻底否定一切世俗价值，结果把庄子《逍遥游》中不合理的成分也扩大了，而坠入人生虚无主义的深渊。这两个重大的弊端在竹林七贤那里体现得还不太明显，但在随后的元康放荡堕落派那里恶性膨胀。

二

稽康被杀，向秀迫于司马昭的政治高压而担任官职，这是当时震惊士林的一件大事，标志着士人心态、生存方式的转变。《向秀别传》叙述了这件事：

> 后（稽）康被诛，（向）秀遂失图；乃应岁举到京师，诣大将军司马文王。文王问曰："闻君有箕山之志，何能自屈？"秀曰："常谓彼人不达尧意，本非所慕也。"一坐皆说。随次转至黄门侍郎、散骑常侍。

向秀完成这次任务后，在归途中经过他与稽康曾经生活的山阳故居，感慨万千，作了一篇传诵千古的《思旧赋并序》。

> 余与稽康、吕安，居止接近，其人并有不羁之才。然稽志远而疏，吕心旷而放，其后各以事见法，稽博综技艺，于丝竹特妙。临当就命，顾视日影，索琴而弹之。余逝将西迈，经其旧庐。于时日薄虞渊，寒冰凄然。邻人有吹笛者，发音寥亮。追思曩昔游宴之好，感音而叹，故作赋云：

将命适于远京兮，遂旋反而北徂。济黄河以泛舟兮，经山阳之旧居。

瞻旷野之萧条兮，息余驾乎城隅。践二子之遗迹兮，历穷巷之空庐。

叹黍离之愍周兮，悲麦秀于殷墟。惟古昔以怀人兮，心徘徊以踌躇。

栋宇存而弗毁兮，形神逝其焉如。昔李斯之受罪兮，叹黄犬而长吟。

悼嵇生之永辞兮，顾日影而弹琴。托运遇于领会兮，寄余命于寸阴。

听鸣笛之慷慨兮，妙声绝而复寻。停驾言其将迈兮，遂援翰而写心。

旧居栋宇依然，而嵇康、吕安已死，他们的形体早已腐烂，灵魂也不知在何处飘荡。夕阳西下，背光处更显阴暗深邃，寒冰的光芒与返照交相辉映，倍增凄凉。邻居传来的嘹亮笛声，更激起曾经最震撼心灵的一幕，嵇康何以在临刑前一刻仍然要索琴演奏？那琴声传达出嵇康什么情意？嵇康的临刑弹琴，是其精神超脱于生死的表现。在向秀看来，无论是李斯的逐利徇权，还是嵇康的超然于名利之外，无论是贵为宰相，还是高蹈隐士，最终都难逃权力的屠刀。人生遭际的吉凶祸福本无常则，如同衣领的或开或合，这或许就是嵇康琴音所要传达的深沉喟叹。邻居的笛声与往昔的嵇康遥相共鸣，似乎象征着嵇康精神的不朽，也似乎暗示着类似的悲剧将会重演。

向秀的《思旧赋并序》流露着浓厚的凄凉无奈，弥漫着人生的悲凉感与历史的苍凉感。它不单是对嵇康和自己的悼念，更是一曲对竹林纵逸自由生活不再的挽歌。

山涛、王戎本是不甘寂寞之人，阮籍一直依违于司马氏之间，最执着于"越名教而任自然"的嵇康一死，向秀被逼出仕，至此竹林名士全归于朝廷。当这点无奈和留恋被西晋名士彻底抛弃后，他们便可以一方面高标遗落世事、清静无为，另一方面招权聚财，尸位素餐。当然，为了给他们的行为提供辩护的理由，清谈的主题也由"越名教而任自然"自然而然地走向"名教""自然"合一。

第三节 阮籍、嵇康的诗歌

阮籍、嵇康是曹魏后期最优秀的诗人。刘勰评阮诗"遥深"而嵇诗"清峻"，又谓阮籍"倜傥，故响逸而调远"，而嵇康"俊侠，故兴高而采烈"。意思是说阮籍性情放荡不羁，所以诗风飘逸玄远，嵇康思维敏捷深刻而性情豪爽，故而诗歌兴会清高而文采浓烈。又谓"嵇康师心以遣论，阮籍使气以命诗，殊声而合响，异翮而同飞"。嵇康别出心裁写论文，阮籍任其志气以作诗，这是他们的不同，但两人又像不同的声调奏出的和谐之音，不同

的翅膀飞向同一目标。嵇康、阮籍的个性与诗风相差很大，但都
艺术化地表现了名士形象，表现了名士风流，只不过阮籍表现的是
处于社会政治夹缝中彷徨苦闷的名士，嵇康则表现的是超然于社会
政治之外的清逸名士，确实是"殊声而合响，异翻而同飞"。

一

阮籍生活的时代，势力迅速崛起的司马氏集团积极准备篡夺
曹魏政权，与拥曹派进行长期严酷的政治争斗和军事争斗。两大
集团的角斗并没有什么是与非、正义非正义可言，只有出于一
己、一集团的利益而争斗而倾轧，对处身于其中的比较正直的名
士来说，既感到生命受到严重威胁，也对一切道德、制度、人际
关系感到痛心绝望。在这种社会政治情况下，形成了阮籍诗歌
"忧生之嗟、志在刺讥"的主旨及含蓄朦胧的特色。

阮籍《咏怀》组诗共82首，并非一时一地所作，但主题、
情感基调比较一致。下面这首诗比较集中地表现了忧生之嗟：

一日复一夕，一夕复一朝。颜色改平常，精神自损消。胸中
怀汤火，变化故相招。

万事无穷极，知谋苦不饶。但恐须臾间，魂气随风飘。终生
履薄冰，谁知我心焦！

人的生命受自然也受社会人事的限制。时间流逝，容貌日渐

衰老，精神也不受人控制地自行损减。心中像怀着热水烈火一样，倍感烦躁痛苦，可这些变化仍然故意来相招似的。至于社会人事，繁多而无穷无尽，可是智慧计谋却不够多，不足以应付。老是惧怕刹那之间魂气便随风飘散。终生像在结着薄冰的水面行走，小心谨慎，提心吊胆，内心非常焦虑，可有谁知道呢？这首诗表现了阮籍被自然与社会人事双重侵迫如履薄冰的焦虑心情。阮籍反复咏叹着人生的短暂、脆弱和无常。如少年之忽成老丑、功名富贵难保，或写时间流逝之快："朝阳不再盛，白日忽西幽。去此若俯仰，如何似九秋"；或者写树木花草由繁华变憔悴来比喻世事的反复，如："嘉树下成蹊，东园桃与李。秋风吹飞藿，零落从此始。繁华有憔悴，堂上生荆杞。"或者写鸟兽虫鱼对自身命运之无奈，孤鸟、寒鸟、孤鸿、离兽等意象经常出现在诗中，特别是春生秋死的蟋蟀、蟪蛄、蜉蝣，以及朝开暮落的朝槿，更成为他反复歌咏的对象。

阮籍对社会丑陋的人和事多有讽刺。如："洪生资制度，被服正有常。尊卑设次序，事物齐纪纲。容饰整颜色，磬折执圭璋。堂上置玄酒，室中盛稻粱。外厉贞素谈，户内灭芬芳。放口从衷出，复说道义方。委曲周旋仪，姿态愁我肠。""洪生"原指非常有学问的儒生，这里指标榜以儒家治理国家的官员。这些人制定各种尊卑秩序，用礼法纲纪整齐规范事物，其实只是形式主义，做做样子；这些人道貌岸然，都是伪君子。阮籍对于社会的丑陋，不单单是讽刺批评，也有非常深沉的感慨和悲悯。如：

"灼灼西隤日，余光照我衣。回风吹四壁，寒鸟相因依。周周尚衔羽，蛩蛩亦念饥。如何当路子，磬折忘所归？岂为夸誉名，憔悴使心悲。宁与燕雀翔，不随黄鹄飞。黄鹄游四海，中路将安归？"西斜的夕阳非常明亮，尚有余光照着诗人的衣服，但那不过是回光返照，很快天会被黑暗笼罩。这比喻人事在衰亡前短暂的繁荣兴盛。回风吹着四壁，树上瑟瑟发抖的鸟儿相互聚拢以取暖。周周是传说中的动物，头重身轻，河边饮水时为了避免栽到河中，要用嘴叼着一根羽毛当吸管。"蛩蛩"也是传说中的动物，与蟨相依为命。阮籍的意思是，动物都懂得全身避害，或像周周运用工具，或像寒鸟、蛩蛩那样相互协助。可是那些已经在朝廷里担任重要职位的人（"当路子"），他们却忘了人生最终的归宿、真正的目标，只是一味地对权势更高的人卑躬屈膝，他们已经很有权势了，为什么还要这么做呢？难道是还要美好的名声吗？可这样最终只会弄得人心力交瘁内心悲伤而已。黄鹄非常健飞，能够畅飞四海，可是如果跟着它飞，半路力量不济，那时进又不是退也不能，怎么办呢？燕雀比喻才能、抱负有限的人，黄鹄则比喻才高志大者。阮籍劝人要有自知之明，量力而行。这首诗是阮籍对"当路子"提出劝告，要看清目前的繁荣仅是衰亡前短暂的表面现象，要学习那些动物全身避害，要知足，不能不自量力、贪婪无度地谋求。

《咏怀》第一首历来被当作序诗："夜中不能寐，起坐弹鸣琴。薄帷鉴明月，清风吹我襟。孤鸿号外野，翔鸟鸣北林。徘徊将何见？忧思独伤心。"诗人内心有强烈的忧愁，所以"夜中不能寐，起坐弹鸣琴"，但弹琴也不能消忧。明月清风让诗人心情稍微舒畅，走出户外，所听到的只是失群的孤雁那凄厉的号叫声，所看到的只是还在飞翔、无可栖息的翔鸟，都是栖栖惶惶的动物。更难堪的是，一失群而悲号，一有林而不栖，同处不幸却不能互相帮助。这种景象，毫无疑问是阮籍感受到的当时社会的一种象征。"徘徊无所见，忧思独伤心"这句诗，是《咏怀》八十二首的主旨，也是阮籍一生行事、精神探索的准确写照。他不断地彷徨、挣扎、左冲右突，但就是无法找到让心灵止泊皈依之处。因为"徘徊无所见"，因而"忧思"，这种忧思是伤时悯世；更因为"无所见"才清醒地意识到自己的孤"独"处境，这是对自己的悲悯。

阮籍写了几首略带点自传性质的诗作：

平生少年时，轻薄好弦歌。西游咸阳中，赵李相经过。娱乐未终极，白日忽蹉跎。驱马复来归，反顾望三河。黄金百镒尽，资用常苦多。北临太行道，失路将如何。（其五）

昔年十四五，志尚好诗书。被褐怀珠玉，颜闵相与期。开轩临四野，登高望所思。丘墓蔽山冈，万代同一时。千秋万岁后，荣名安所之？乃悟羡门子，噭噭今自嗤。（十五）

少年学击剑，妙伎过曲城。英风截云霓，超世发奇声。挥剑临沙漠，饮马九野垌。旗帜何翩翩，但闻金鼓鸣。军旅令人悲，烈烈有哀情。念我平常时，悔恨从此生。（六十一）

这几首诗所反映的人物性情、人生经历差异相当大，当然不是阮籍的真实经历，而只能看作阮籍曾有的一些想法。尽管差异相当大，但它们有一个共同点，就是对早期自我的否定。孔子说过"久要（'约'，困苦）不忘平生之言"，并把这句话当作成为一个真正的人的必要条件。联系到阮籍自始至终彷徨矛盾着，才更深刻地体会到孔子这句话的丰富含义。一个人长久处于困苦之中，壮志容易消磨殆尽，思想会沉沦，而少年时许下的诺言，或许幼稚，但他正直、善良、真诚，充满着热情干劲的理想光辉。"久要不忘平生之言"，正是要我们在重温初心中汲取防止沉沦的力量。或许阮籍正是缺乏"久要不忘平生之言"，才为时代、自身欲望所裹挟而无法自主。

意象的象征、深刻的情感体验与哲学洞见，对一代人乃至更具普遍意义的人生状态与精神困境的表现，是《咏怀诗》最突出的成就。他的诗歌为"时人所重"，大概也是因为这一点。

阮籍诗的风格隐约曲折、含蓄朦胧，钟嵘评他的诗"言在耳目之内，情寄八荒之表"，"厥（其）旨渊放，归趣难求"，这主要与时代、身世与他采用的表现手法有关。其一，时代黑暗艰难，动辄得咎，故而诗歌不敢明言，常常借用比兴、象征手法来表达感情，寄托怀抱。或借古讽今，或借游仙讽刺世俗，或借香草美人以寓写怀抱。其二是因为阮籍使用意象或典故时，有时点到即止，既不做过多的描写叙述，也不揭示意象的比喻义。如第18首："悬车在西南，羲和将欲倾。流光耀四海，忽忽至夕冥。朝为咸池晖，蒙汜受其荣。岂知穷达士，一死不再生。视彼桃李花，谁能久荧荧？君子在何许？叹息未合并。瞻仰景山松，可以慰吾情。"这首诗的含义之所以可做多种解释，是因为末句"景山松"的比喻含义不明确。诗首六句，悬车、羲和都指太阳。咸池是日起处，蒙汜是日落处。这六句的意思是太阳虽落但明天依然会升起，如此循环反复。接下去说，人无论穷或达，一死便不再生；繁华绚烂的桃李花也无法永远保持它的灿烂光明，通过对比来强调人生的有限、一次性。"君子"两句是叹息自己未能遇到明君，实现政治抱负。既然人生非常有限，明君又未逢，那怎么办呢？答案即在这个"景山松"里边。松树历来是坚贞人格的象征，那么在此可理解为诗人要保持坚贞的人格，立功不能则立德。松树历来也是长寿的象征，魏晋神仙道教盛行，追求长生是不少士人的愿望，阮籍也追求过，那么可理解为诗人一想到有可能实现长生而感到安慰。"景山松"也是一个典故，出自《诗经·商颂·殷武》中的"陟彼景山，松柏丸丸（直而圆）"。这是一首歌颂殷朝中兴帝王武丁的诗。这句诗可理解为诗人对与明君相逢心存期待，心情得到安慰。阮籍对这个比喻（或典故）点到即止，没做过多的描述，比如换成"心似（或身似）景山松"

等，意思便明确得多。其三，阮籍的诗是真正的抒情诗，主要不是叙述描写。他抒情是兴到神来，既没有叙述时间顺序，也没有描写空间顺序，结构跳跃性非常大，诗意显得含蓄朦胧。还有一个重要原因，也是古代诗论家的一个根深蒂固的陋习，就是喜欢刻意把诗歌的内容比附政治时事，做断章取义、牵强附会的解释。

二

嵇康诗歌现存五十余首，有四言、五言、六言、杂体、骚体，体裁比较丰富。成就最高的是四言诗，他的《兄秀才公穆入军赠诗》十九首，是继曹操诗作之后又一组成功的四言诗。

良马既闲，丽服有晖。左揽繁弱，右接忘归。风驰电逝，蹑景追飞。凌厉中原，顾盼生姿。（其九）

这首诗似一幅人物剪影，表现了嵇康兄长驱马疾驰的姿态。如果与曹植的《白马篇》相比，同样是突出骑射技术的精湛，但在精神气质方面有非常大的不同。嵇康写到了"丽服有晖"，华丽的衣服熠熠生辉，写到"凌厉中原"那种一往无前的气概、摆脱束缚的自由奔放，更写出"顾盼生姿"的从容妩媚。一般而言，马匹会因受到惊吓而过度紧张，也会因为刺激而情绪极为亢奋狂欢，但有了"丽服有晖""顾盼生姿"，便有了稳定感、有了潇洒从容。这种好整以暇、处变不惊是建立在良马和人长期训练的基础上的，是魏晋风度的重要体现。而且，曹植《白马篇》侠客的精湛技艺及英雄气概是为了"边境多警急"，"赴国难"，即是说技艺与气概是解除国难的手段，只有与"国难"联系在一起，技艺与气概才有意义，但在这里，技艺与气概本身便是目的，便是欣赏赞叹的对象，这是魏晋审美超脱精神的流露。这样，曹植《白马篇》里的游侠便变成一个风流士族。

与《诗经》、曹操的四言诗相比，嵇康的诗歌更有文采。"左揽繁弱，右接忘归"（繁弱、忘归都是名弓）是对偶，而"风驰""电逝""蹑景（影）""追飞（飞禽）"，前两个是譬喻，后两个是比较，而连续用四个词来渲染疾驰，这种铺陈的手法即是赋。把赋的手法压缩进极其简约的四言诗，这是创造，也体现了魏晋对文采的追求。

> 息徒兰圃，秣马华山。流磻平皋，垂纶长川。目送归鸿，手挥五弦。俯仰自得，游心太玄。嘉彼钓叟，得鱼忘筌。郢人逝矣，谁与尽言？（十四）

这首诗有意避开艰辛紧张的行军或战斗场面，而表现行军休整的情状。射鸟、钓鱼、观赏飞禽、演奏琴瑟等都是魏晋士族的生活风尚、生活内容，兰圃、华山、平皋、长川也都是常见事物，并不稀奇，但通过恰当的搭配，产生了相当好的效果，长满兰花的园畦、青草丰茂的山坡，生机盎然；水边的原野、绵长的河流，令人感觉宽广而悠远。当然搭配得当也得益于作者的审美情趣乃至整个精神境界。

第四章　西晋的清谈与诗歌

西晋虽然统一了三国，获得了短暂的繁荣，但这个统治阶层非常迅速地、整体性地堕落。他们对于财富、权力、名誉、美色的极力攫取，对生命和家族利益的极力维护，可谓不择手段。晋武帝司马炎"多内宠，平吴后，复纳吴王孙皓宫人数千，自此掖庭殆将万人，而并宠者甚众，帝莫知所适，常乘羊车，恣其所之，至使宴寝"（《晋书·后妃传》）。就中国史上开国皇帝而论，实未有如是荒怠纵欲者。

晋武帝羊车游后宫图

在那时，拜金主义横行，连自命清高的名士也如此。王济与石崇、王恺斗富，王戎、和峤是典型的守财奴，当时有"钱癖"之号。魏晋贵族以乘牛车为时尚，在牛车上刻意装饰，讲究排场。下图为出土的东晋陶牛车及陶俑群，形象地反映了这一点。

南京出土东晋陶牛车及陶俑群

种种强烈的私欲像决堤的洪水般冲垮了一切伦理道德、人际感情和社会制度，"父子兄弟，殊情异计。君臣朋友，志乖怨结。邻国乡党，务相吞噬。台隶僮竖，唯盗唯窃。面从背违，意与口戾。言如饴蜜，心如蛮厉。未知胜负，便相陵蔑。正路莫践，竟赴邪辙。利害交争，岂顾宪制？怀仁抱义，祇受其毙"（仲长敖《核性赋》）。"朝寡纯德之士，乡乏不二之老，风俗淫僻，耻尚失所"，"礼法刑政，于此大坏，如室斯构，而去其凿契，如水斯积，而决其堤防，如火斯畜，而离其薪燎也。国之将亡，本必先颠，其此之谓乎"（干宝《晋纪总论》）。

西晋诗歌的前后期大致以赵王伦杀贾后篡政为界。前期的太康、元康间，社会相对安定繁荣。清谈与诗歌相对独立，各行其是。清谈家重在口谈，不擅长或不屑于著述创作，清谈风格虽有简约和繁缛两种，但简约更受推崇，以王衍、乐广为代表；儒史文章之士不尚清谈，重在著述，诗歌形成拟古繁缛的时代特征，以陆机、潘岳为代表。后期八王之乱、五胡乱华，社会黑暗动荡。总体诗风，诚如钟嵘所说："永嘉时，贵黄老（黄帝、老子，此指玄学），稍尚虚谈。于时篇什，理过其辞，淡乎寡味。"诗歌受到老庄玄谈的严重腐蚀，重在说理而缺乏文采，平淡无味，但此时期仍然有左思、刘琨、张协等少数诗人能超越时代主流，取得较高成就。

第一节　王衍与西晋名士行径

王衍是西晋最著名的贵族名士、清谈家。读《晋书·王衍传》，给人两个特别强烈的印象，一是王衍终其一生，都在竭尽全力地苟且偷生，结果却仍然不得善终；二是他毫无政治才能与功业可言，却一直担任极其重要的职位。

王衍经历了西晋中后期的所有最重大、最危险的政治军事大事件，一直处于漩涡中心。首先是贾后与外戚杨骏争夺权力，杨骏亡。之前杨骏曾想招王衍为婿，王衍拒绝，所以没有牵涉进去。太子司马遹不是贾后所生，贾后担心太子会妨碍自己独占权力，将太子废为庶人。太子原来是王衍的女婿，王衍听到太子出事后立刻跟太子断绝关系。太子在遭贾后杀害前于被囚禁之时，曾秘密地写信给王衍，陈述自己的冤情，请求帮助。王衍对此秘而不宣。等到贾后败亡，太子冤情得到昭雪后，王衍又把信拿出来，大概是想重新表明他跟太子的关系，为太子申冤。因为这件事，朝臣弹劾他首鼠两端，仅想保全自己的性命，毫无作为一名大臣该有的正直忠贞。

铲除贾后政治集团的是赵王司马伦。司马伦极其昏聩，其最得力心腹孙秀又是一个作威作福、睚眦必报的小人，被他处死的大臣很多。朝廷弥漫着恐怖的气氛，但王衍跟他的族兄王戎并没有受到孙秀的毒害。因为孙秀曾请求王衍品评，有王衍一个好的品评，才有做官的资格。刚开始王衍不同意，但王戎看出孙秀这个人有手段，又心胸狭窄，劝王衍接受他的请求，免得树敌。为此，孙秀很感激王氏兄弟。很快赵王伦又被齐王司马冏消灭，王衍看出齐王冏根本成不了大事，就以假装发狂砍杀奴婢拒绝齐王冏的任命。果不其然，齐王冏很快就被其他几个王灭亡了，王衍靠装疯再次躲过一劫。

王衍最无耻的事是营建三窟与被俘后劝石勒称帝。

西晋后期，经过杨骏、贾后之争以及随后的八王之乱，最终的胜利者是东海王司马越。司马越并不具备皇室近属的身份，号召力有限，他必须力求联络关东的名士，利用他们的社会地位和实际力量来支撑自己的统治。他最终选择了出身高等士族又是清谈名士领袖的王衍，两者达成一种各有图谋的政治结合。司马越以宗王名分和执政地位，为王衍及其家族提供官位权势；王衍则为司马越网罗名士、装点朝廷。但是，持续了长达十余年的大规模政治倾轧清洗和强藩的军事混战，使得西晋王朝已经呈大厦将倾、土崩瓦解之势。作为胜利者的司马越赢得了疮痍满目的山河，也独吞了全部恶果。匈奴贵族刘渊、羯族石勒的军队动辄威胁洛阳，洛阳有随时沦陷的危险。可"（王）衍虽居宰辅之重，不以经国为念，而思自全之计。说东海王越曰：'中国已乱，当赖方伯，宜得文武兼资以任之。'乃以弟澄为荆州，族弟敦为青州。因谓澄、敦曰：'荆州有江汉之固，青州有负海之险，卿二人在外，而吾留此，足以为三窟矣。'识者鄙之"（《晋书·王衍传》）。其实王衍之前已经经营了另外的"三窟"，其一女嫁给了太子司马遹；一女嫁给权臣贾充之后贾谧，惠帝皇后贾南风是贾充女儿；一女嫁给裴遐，河东裴氏是当时最著名的士族，跟后室有着千丝万缕的联系。由此，王衍跟当时的太子、最有势力的权臣外戚贾氏及最有势力的士族河东裴氏都缔结了关系。

永嘉四年（310），司马越借口要讨伐石勒，率领西晋王朝最后一支精兵，带领整个尚书台机构人员及大部分王公朝臣离开洛阳，次年在内外交侵的严峻局势中忧惧而死。众人推举王衍统率大军，王衍以"少无宦情"及缺乏才能加以推诿，不愿承担重任。很快大军为石勒击败，石勒焚烧了司马越的尸体，并让骑兵包围晋军然后射杀，"勒以骑围而射之，相践如山。王公士庶死者十余万"，甚至有些人被石勒部将王彰烧烤并吃掉。王衍被石勒俘虏后，为石勒"陈（晋朝）祸败之由，云计不在己"，"衍自说少不豫事，欲求自免，因劝勒尊号（称帝）。勒怒曰：'君名盖四海，身居重任，少壮登朝，至于白首，何得言不豫世事邪！破坏天下，正是君罪"。"使人夜排墙填杀之。衍将死，顾而言曰：'呜呼！吾曹虽不如古人，向若不祖尚浮虚，戮力以匡天下，犹可不至今日。'"连敌将都无法容忍他的厚颜无耻而破口大骂。王衍临死才忏悔自己的崇尚浮虚，不努力匡扶天下，可是悔之晚矣！

曾位列"竹林七贤"之一的王戎又如何呢？王戎忙于营利，永无止境地聚敛土地及钱财。他全力收购田地并利用水碓进行粮食加工，田庄遍及全国各地。他甚至常常亲自拿着牙筹，昼夜算账。他又是一个十足的守财奴，自己生活极其节俭，对待家人也一毛不拔。女儿出嫁，向他借钱做嫁妆，但未立刻偿还。后来女儿回来探亲，看到王戎一脸不悦，立刻还钱，王戎这才转怒为喜。王戎的侄子将要结婚，王戎赠送他一件单衣，可是等结婚后立刻索回。王戎家有好李，常拿去卖，但又怕好种子被他人拿去培植，所以在卖之前都要把李子的核给钻破。

王戎虽然长期担任重要职位，但在政治上基本毫无作为。在西晋外戚轮流专权、八王之乱的很长时期内，各种政治势力激烈角逐，旋起旋灭，他所做的唯一一件事就是审慎地选择他应该依附讨好的对象，苟且偷生。河间王司马颙与成都王司马颖联合讨伐齐王司马冏时，司马冏向王戎询问对策，王戎立刻建议他把权力让给司马颙。不作抵抗就投降，齐王冏自然不甘心，更何况交出权力无异于自杀。王戎惧祸，诈称"药发"掉入粪池，才逃过一劫。王戎在负责官员的选拔考核时，随波逐流，只是按照当时的惯例，依据考生的出身门第进行选拔并授予相应的官职，他从来没有提拔过一个出身卑微但有才能的人，也从来没有淘汰掉一个无能贪腐的在职官员。他在人论品鉴方面具备卓越的才能，但这种才能在他主管人事时根本没有发挥作用。

王戎既是一个大名士，也是一个高官。他一生的精力与智慧都用在如何扩大和巩固他的名声、官职、财富方面，至于作为一个高官、一个具有影响力的知识分子所应该具有的节操及社会责任感，则付之阙如。这就是身列"竹林七贤"之一的王戎的真面目。在那个时代，名士是社会最具影响力的阶层，也往往是成为高官的必要前提。一人往往身兼名士与高官双重身份，但这两种身份所必须具有的性情与才能却完全是风马牛不相及。在这里，我们能够看到魏晋文化的内在悖反及荒诞。

罗宗强对西晋名士的总体面貌有过这样的描述："贪财，用心并善于保护自己，纵欲，求名，怡情山水和神往于男性的女性美。"这是历史上真实的西晋士人的精神风貌。"这是这样的一代人：他们希望得到物欲与情欲的极大满足，又希望得到风流潇洒的精神享受。他们终于找到了一种方式：用老庄思想来点缀充满强烈私欲的生活，把利欲熏心和不缨世务结合起来，口谈玄虚而入世甚深，得到人生最好的享受而又享有名士的名誉。潇洒而又庸俗，出世而又入世。出世，是寻找精神上的满足；入世，是寻找物质上的满足。宋人苏轼在论阮咸的时候，说山涛荐阮咸，称其清正寡欲，而咸之所为，却大不然。于是苏轼评论说：'意以谓心、迹不相关，此最晋人之病也。'所谓心、迹不相关，其实正是这种口谈玄虚而入世甚深的表现。这就是西晋士人的人生向往、人生追求，也是他们的现实人生。"[①]

第二节　西晋清谈

一

西晋清谈以《周易》《老子》和《庄子》"三玄"为核心，而《庄子》又是核心中的核心。清谈家对《庄子》的研习掌握情况如何呢？当时著名的清谈名士，如阮瞻"读书不甚研求，而默识其要，遇理而辩，辞不足而旨有余"（《晋书·阮瞻传》）。庾敳读《庄子》，"开卷一尺许便放去，曰：'了不异人意。'"可见其读书与清谈之特点。当时清谈以《庄子》为主，庾敳自少耳濡目染，在其初读《庄子》时觉得似曾相识，这可以理解，但《庄子》历来被公认为玄妙深奥，当时专门注释《庄子》的十几个专家都没能真正揭示《庄子》一书的精妙之处，而庾敳开卷一尺多便敢说"了不异人意"，那无非是无知者无畏，自以为是的夸浮作风罢了。

先秦名辩家有相当多论题，其中有"连环可解"，以及"一尺之捶，日取其半，万世不竭"等。《庄子·天下篇》批评名辩家的道理驳杂，相互矛盾，不合事理。郭象《庄子注》说："昔吾未览《庄子》，尝闻论者争夫尺棰连环之意，而皆云庄生之言，遂以庄生为辩者之流。案此篇（《天下篇》）较评诸子，至于此章（评论名家一段文字），则曰其道舛驳，其言不中，乃知道听途说之伤实也。"我们可以看到，当时清谈家虽然口不离《庄子》，其实大多是没有认真研读过《庄子》的。居然把"尺棰连环之意"当作庄子的思想并争得面红耳赤，却不知道这根本不是庄子的思想，而且庄子对这样的思想是嗤之以鼻的。这些人不过是道听途说，以讹传讹罢了。这说明清谈家的学养未必渊深。

郭象又评论说："吾意亦谓无经国体致，真所谓无用之谈也。然膏粱之子，均之戏豫，或倦于典言，而能辩名析理，以宣其气，以系其思，流于后世，使性不邪淫，不犹贤于博弈乎?"郭象对名辩性质和功能的评述非常值得重视。他认为名家跟治国理政毫无关系，是无用的言论，但对富贵之家的子弟而言，可以起到宣泄情感、寄托精神的作用。之所以有这样的功能，是因为名家的"辩名析理",虽然这种"理"不是政治理论。辩名析理是玄学家主要的思维方法,由汉末建安的综核名实而来。"名"是名称、概念,"实"是"名"所指称的客观事物。一方面,通过分析界定概念来衡量评价客观事物,并推动客观事物的变化,即所谓的"循名责实";另一方面通过变化了的客观事物,来调整名称概念。这个不断反复的过程就是综核的过程。综核名实是跟现实密切联系在一起的,是相当实用的。但"辩名析理"跟政治社会的关系便非常疏远了,也很抽象。它是辨析概念及命题的内涵,并以此为基础进行逻辑推导的思维方法和过程。由"名实"变为"名理",抽象思辨能力大大提高了,但同时也变成了一种高级的智力游戏,成为郭象所谓的"戏豫""博弈"了。

玄学由名实转变为名理,具有两种非常重要的影响,一是清谈变成了一种高级的智力游戏,一种极具观赏性的辩论性竞赛活动;二是清谈的内容同个人的政治立场、思想信仰、道德修养等联系不密切,清谈家言行不一的现象变得相当突出。当时最著名的清谈家王衍、乐广、郭象无不如此。

二

西晋清谈的功能非常多样化。

清谈的基本目的在于析理。析理需有逻辑的头脑、理智的良心和探求真理的热忱。卫玠思"梦"的故事便动人地展现了这一点。

卫玠总角时，问乐令（乐广）梦，乐云是想。卫曰："形神所不接而梦，岂是想邪？"乐云："因也。未尝梦乘车入鼠穴、捣齑啖铁杵，皆无想无因故也。"卫思因，经日不得，遂成病。乐闻，故命驾为剖析之。卫即小差（病稍微好），乐叹曰："此儿胸中当必无膏肓之疾！"（《世说新语·文学》）

远在先秦，人们就已经非常重视梦，但那时人们大都把梦当作一种能预示未来吉凶祸福的现象，甚至出现了占梦术。卫玠和乐广思考的是梦的成因，是一种比较纯粹的知识追求。乐广对卫玠的赞叹相当有意思。膏肓之疾是不治之症，为什么说卫玠不会得膏肓之疾呢？养生不但要养形，更关键在于养神，保持心境的清虚宁静。卫玠因思考梦的成因而得病，又因为得到答案而病情转好，这说明他所专注的是知识，精神比较纯粹，没有受到复杂的名利、社会人事的牵绊折磨。

但清谈的目的又远远不止于析理。

乐广，字彦辅。南阳淯阳人也。父方，参魏征西将军夏侯玄军事。广时年八岁，玄常见广在路，因呼与语，还谓方曰："向见广神姿朗彻，当为名士。卿家虽贫，可令专学，必能兴卿门户也。"方早卒。广孤贫，侨居山阳，寒素为业，人无知者。性冲约，有远识，寡嗜欲，与物无竞。尤善谈论，每以约言析理，以厌人之心，其所不知，默如也。裴楷尝引广共谈，自夕申旦，雅相钦挹，叹曰："我所不如也。"王戎为荆州刺史，闻广为夏侯玄所赏，乃举为秀才。楷又荐广于贾充，遂辟太尉掾，转太子舍人。尚书令卫瓘，朝之者旧，遂与魏正始中诸名士谈论，见广而奇之，曰："自昔诸贤既没，常恐微言将绝，而今乃复闻斯言于君矣。"命诸子造焉，曰："此人之水镜，见之莹然，若披云雾而睹青天也。"王衍自言："与人语甚简至，及见广，便觉己之烦。"其为识者所叹美如此。出补元城令，迁中书侍郎，转太子中庶子，累迁侍中，河南尹。……广与王衍俱宅心事外，名重于时。故天下言风流者，谓王、乐为称首焉。（《晋书·乐广传》）

乐广出身寒族，又孤贫，在"上品无寒门，下品无世族"的西晋社会，他的仕途本来应该是相当困难的，但他接连地受到夏侯玄、裴楷、王戎、卫瓘、王衍等大名士兼大官僚的高度赏识，主要靠的是清谈的能力。清谈成为他最终跻身侍中、河南尹、尚书令等高位，并成为与王衍齐名的名士领袖的重要条件。清谈是成为名士、突破社会士族庶族禁锢的有效手段。

阮宣子（阮修）有令闻，太尉王夷甫见而问曰："老庄与圣教同异？"对曰："将无同？（恐怕是相同吧）"太尉善其言，辟之为掾。世谓"三语掾"。卫玠嘲之曰："一言可辟，何假于三？"宣子曰："苟是天下人望，亦可无言而辟，复何假一？"遂相与为

友。(《世说新语·文学》)

西晋士族致力于沟通老庄自然与孔子名教，阮修的回答是这一思潮的最好概括。阮修因为回答得好，被王衍辟为掾属，也因此跟卫玠交上朋友。清谈是进入仕途的方式，也是交际的方式。

在一些重要的礼俗节日聚会上，清谈也是重要的节目。

诸名士共至洛水戏。还，乐令(乐广)问王夷甫(王衍)曰："今日戏乐乎?"王曰："裴仆射(裴𫖮)善谈名理，混混有雅致；张茂先(张华)论史、汉，靡靡可听；我与王安丰(王戎)说延陵、子房，亦超超玄著。"(《世说新语·言语》)

裴散骑(裴遐)娶王太尉(王衍)女。婚后三日，诸婿大会，当时名士，王、裴子弟悉集。郭子玄(郭象)在坐，挑与裴谈。子玄才甚丰赡，始数交，未快。郭陈张甚盛；裴徐理前语，理致甚微，四坐咨嗟称快。王亦以为奇，谓诸人曰："君辈勿为尔，将受困寡人女婿。"(《世说新语·文学》)

这两则记载很能见出当时清谈的性质。清谈的内容自然是辩名析理，但同时也非常重视清谈者辞气的轻重疾徐、神情姿态等，是由义理、辞气、姿态神情等构成的整个人所体现的风韵。清谈成了高等贵族展现自我的竞技方式，成了极具观赏性、娱乐性的文化活动，因而才会在宴会上举行，"四坐咨嗟称快"。

三

清谈家的清谈有两种风格：一是义理辞藻繁缛，辩论起来，如长江黄河，滔滔不绝，如裴頠、郭象；二是言简意赅，辞约而旨达，如乐广、王衍、阮修等。前文所提的"三语掾"，是非常著名的故事。老庄与孔圣，名教与自然是非常重大复杂的理论问题，阮修却只回答了"将无同"三个字，而且"将无"还是表推测的虚词，真正有意义的只是"同"一个字。卫玠嘲笑他三言还太多，他又回答说，如果是天下公认的有名望的人，不说话也可以征辟。两人所推崇的清谈风格其实是一致的，即越简越好。义理辞藻繁缛的，一般擅长著述，如裴頠有《崇有》《贵无》两论，《崇有论》现在还完好保存于世，是哲学史上一篇非常有价值的论文；郭象有《庄子注》，是历来注《庄子》中最负盛名的一部。至于崇尚简约的，就只能是口谈了。

清谈家与文学家差异明显，清谈家的最重要能力在于口谈，他们几乎不进行文学创作，他们对此未必重视，当然，也未必具有这个能力。

挚虞比较口讷，但擅长创作著述，太叔广思维敏捷，能言善辩。一到谈论的时候，挚虞往往无法回答太叔广的问题，但挚虞回去后把自己的想法写成文章，对太叔广进行反驳，太叔广又回答不上。（《晋书·挚虞传》）《世说新语·文学》："乐令善于清言，而不长于手笔。将让河南尹，请潘岳为表。潘云：'可作耳，要当得君意。'乐为述己所以为让，标位二百许语，潘直取错综，便成名笔。时人咸云：'若乐不假潘之文，潘不取乐之旨，则无以成斯矣。'"乐广擅长清谈，但不擅长写作。朝廷授予他河南尹职位，他想上表辞让，但不会写，于是请来才子潘岳操刀。乐广用了两百多字叙述了辞让的原因，潘岳运用他过人的文字表达能力加以铺陈修辞，写成了一篇相当好的文章。可见，清谈者口才和笔才不尽相同，而且乐广的清谈以简约著称，要写成典雅精工、篇幅较长的章表，确实相当困难。

向秀是《庄子》研究大家，他的注释极大地推动了时人对《庄子》精意妙旨的领会。他刚开始把自己想要注释《庄子》的想法告诉嵇康，嵇康说："《庄子》难道还需要注释吗？何苦呢？注书不过是妨碍乐事罢了。"注书、著述自然比不上清谈辩论那样快乐。著述之难，张舜徽在《清人文集别录》中说："盖著述之意，谈何容易，必须刊落声华，沉潜书卷。先之以二十年伏案之功，再以旁推广览披检之学，反诸己而有得，敢著纸笔。"清谈不是聊天，但跟聊天也有相似之处，谈的话题可大可小，可深可浅，清谈者可根据话题灵活处理内容。著述往往是漫长时间里的青灯孤室、殚精竭虑，而清谈却是多人的竞技，紧张刺激，而且偶有名言精义，则一语惊人，立竿见影。

嵇康虽然嘲笑向秀注书自找苦吃，可他毕竟也是勤于著述，他的辩论文代表着魏晋的最高水平。但到了西晋，清谈家便只一味清谈了，像王衍、乐广、阮修等都没有留下什么文字作品。挚虞撰有《思游赋》、《太康颂》、《族姓昭穆》十卷和《文章志》四卷，注释《三辅决录》，又编撰古代的文章，分类编为三十卷，名叫《流别集》（《文章流别论》），逐一加以评论，评论公允恰当，为世人所推崇。至于太叔广，便没有什么创作了。所以王隐《晋书》评论他们的优劣："（太叔）广无可记，（挚）虞多所录，于斯为胜也。"

第三节　麈尾清玄

麈尾是魏晋清谈家必不可少的道具，直到唐代，还在士大夫间流行，宋朝以后逐渐失传。它有拂秽、清暑的功能，但绝不等同于拂尘、扇子，而是身份的标志。据说，麈是一种大鹿，麈与群鹿同行，麈尾摇动，可以指挥鹿群的行向，"麈尾"即取义于此，盖有领袖群伦之义。只有善于清谈的大名士，才有执麈尾的资格，在这一点上，它有点像某些外国帝王和总统手持的"权杖"，起彰显身份的作用，不能随便交与他人，特别是交与侍从代为掌管，而拂尘、扇子则是侍女侍候主人时拿的东西，这是它们之间的本质区别。唐代孙位《高逸图》（实为《竹林七贤图》残卷）中所绘阮籍便手执麈尾。七贤以嵇康、阮籍为首，阮籍执麈尾表明他是竹林清谈领袖之意。唐代阎立本《历代帝王图卷》中的孙权也手执麈尾。孙权并非清谈名士，画家作这样的处理，大概也是因为孙权是一国领袖，且手执麈尾能增添其名士风度。麈尾实物，有镶牙漆木柄的，有镶玳瑁檀木柄的，有白玉、墨玉、象牙的，显示出贵族用具的风貌。存世最古的是正仓院麈尾，傅芸子《正仓院考古记》云："陈品中有'柿柄麈尾'，柄柿木质，牙装剥落，尾毫尚存少许，今陈黑漆函中，可想见其原形。'漆柄麈尾'，牙装；'金铜柄麈尾'，铜柄，毫皆不存；'玳瑁柄麈尾'，柄端紫檀质，毫亦所存无多。"

两晋名士有不少逸事趣闻跟麈尾有关。

西晋名士王衍手的皮肤洁白光滑，手持白玉柄麈尾清谈时，手与玉柄颜色莫辨，广受称赞。

东晋名相王导的妻子是一个相当出名的妒妇，绝不允许王导纳妾。王导只能在别处秘密地营建住所安置他众多的姬妾。有人走漏了风声，王导妻恼羞成怒，带着众多奴仆，持刀携棍冲到王导藏娇的金屋。王导怕姬妾受辱，立刻心急火燎地驾车赶过去解围，还嫌驾车的牛行得太慢，一路接连用麈尾鞭打着牛。蔡谟听到这件事后，对王导说："听说朝廷要赐予您九锡大礼。"九锡（通"赐"）是中国古代皇帝赐给诸侯、大臣有殊勋者的九种礼器，是最高礼遇的表示。王导信以为真，连忙表示不敢当。蔡谟说："也没听说要赐予什么特别的礼器，只听说其中有短辕的牛车，长柄的麈尾。"车辕短而麈尾柄长，更有利于驾车之人鞭打拉车的牛。我们可以想见王导当时肯定是努力向前伸展着上半身，用力挥打的样子。蔡谟其实讽刺王导惧内，更讽刺他用高雅的麈尾赶牛车，简直是焚琴煮鹤，大失名士潇洒雍容的风度。王导听后极其愤怒，说："我昔年在洛水边跟名流游戏清谈的时候，哪里听说过有蔡克这号人！"蔡克是蔡谟的父亲，对人直呼其父之名，是一种具有侮辱性的行为。王导重提往年清谈的光荣，当然是摆出老派清谈名士的优越样子。这件趣事的重点就是用麈尾赶牛车。"短辕牛车，长柄麈尾"也从此成为一个同焚琴煮鹤所喻意思一样的典故，表示用高雅的物品做庸俗的事情，糟蹋了好东西。

王濛与刘惔是东晋中期的大名士、清谈领袖。王濛"疾渐笃，于灯下转麈尾视之，叹曰：'如此人曾不得四十也！'年三十九卒。临殡，刘惔以犀柄麈尾置棺中，因恸绝久之"（《晋书·王濛传》）。王濛于弥留之际转动、端详麈尾，好友刘惔把麈尾当他的殉葬品，可见麈尾与名士的生命融为一体了。名僧康法畅去拜访庾亮，手里拿着的麈尾相当精美，庾亮奇怪地问："这么漂亮的麈尾，怎么还在呢？"康法畅说："那是因为清廉的人不来讨取，贪婪的人我又不送给他们，所以还在啊。"

麈尾对于名士清谈如此重要，因而也时常成为文学作品的歌咏对象。如王导有《麈尾铭》："道无常贵，所适惟理。勿谓质卑，御于君子。拂秽清暑，虚心以俟。"许询有《墨麈尾铭》："卑尊有宗，贵贱无始，器以通显，废兴非己。伟质软蔚，岑条疏理。体随手运，散飙清起。通彼玄咏，申我君子。"许询还有《白麈尾铭》："蔚蔚秀气，伟哉奇姿。荏弱软润，云散雪飞。君子运之，探玄理微。因通无远，废兴可师。"

第四节　陆机与西晋诗歌

一

关于西晋的诗歌状况，钟嵘说："尔后陵迟衰微，迄于有晋。太康中，三张、二陆、两潘、一左，勃尔复兴，踵武（继承）前王，风流未沫（未止），亦文章之中兴也。"（《诗品·序》）

建安之后到晋国建立初期，诗歌的创作颇为衰微，到西晋太康（280—289）期间，涌现了一批优秀的诗人，诗歌的创作再次出现繁荣景象。有"三张"张载、张协、张亢三兄弟，"二陆"陆机、陆云兄弟，"两潘"潘岳、潘尼叔侄，"一左"左思。钟嵘将张协、陆机、潘岳、左思列于上品。钟嵘《诗品》以上、中、下三品评价自汉至宋齐诗人，上品有 11 人，太康诗人便有 4 位，可见太康诗歌在钟嵘心目中的分量。刘勰《文心雕龙·明诗》：

逮晋宣始基，景、文克构，并迹沉儒雅，而务深方术。至武帝惟新，承平受命，而胶序篇章，弗简皇虑。降及怀、愍，缀旒而已。然晋虽不文，文才实盛：茂先摇笔而散珠，太冲动墨而横锦；岳、湛曜"联璧"之华，机、云标"二俊"之采。应、傅、三张之徒，孙、挚、成公之属，并结藻清英，流韵绮靡。前史以为运涉季世，人未尽才。诚哉斯谈，可为叹息。

对于西晋文学，刘勰非常扼要地谈了三点。一是西晋帝王不重视礼制文化建设。晋宣帝司马懿、景帝司马师、文帝司马昭都致力于运用阴谋权术篡夺帝位，根本无暇顾及儒雅文事。武帝虽然在位时间很长，国家也比较稳定繁荣，但他也不太重视"胶序（学校）篇章"，至于惠帝司马衷、怀帝司马炽、愍帝司马邺，或受制于皇后，或受制于宗室，形同傀儡。二是晋朝皇帝虽然不重视文化建设，但西晋的文人才子非常多，并形成了"结藻清英，流韵绮靡"的特色。刘勰列出了这一时期最著名的文人名单：张华（字茂先）、左思（字太冲）、潘岳、夏侯湛、陆机、陆云、应贞、傅玄傅咸父子、张载张协张亢三兄弟、孙楚、挚虞、成公绥等。三是这么多优秀的文人，却由于身处西晋后期的政争及战乱，未能充分发挥他们的才能。

由于时代等原因，西晋诗人已经唱不出建安诗人的慷慨之音，也写不出阮籍那样寄托遥深的作品，也无法追摹嵇康的清峻玄远，他们的努力在于追求形式技巧的精美华丽。总体来看，这一时期诗歌形式的日趋华丽和情感的日渐萎缩形成鲜明的反差。这种现象大致由以下几个原因造成：一是诗歌已经成为重要的交际工具，成为社交场合不可或缺的点缀。二是诗歌的创作已经形成一定的传统、一定的审美标准。三是诗歌是贵族性情、贵族文化的反映。

二

陆机（261—303），家族为江东最负盛名的四大门阀士族之一。当时有"吴郡四姓"之称，即顾、陆、朱、张。陆机的祖父陆逊、父亲陆抗都曾出将入相，是支撑吴国大厦的栋梁。280年东吴灭亡，陆机的几位兄长战死，他和弟弟陆云、陆耽，怀着国破家毁的悲痛，从此闭门读书。他们都学识渊博、才华出类拔萃。西晋太康末陆机和弟弟陆云到洛阳谋求仕进，受到朝廷重臣、文学家张华的高度赏识和推荐。张华说："平吴之役，利在二俊。"他们杰出的文学才华，甚至使很有声誉的张协三兄弟也相形见绌，当时有"二陆入洛，三张减价"的说法。但是陆机作为亡国之人，更多的是受到了北方士族的蔑视。陆机有着强烈的家族和家乡荣誉感，毫不示弱。卢志当众明知故问；对陆机、陆云说："陆逊、陆抗是你们的什么人？"陆机立刻回答："正如同你跟卢毓、卢珽一样。"卢志沉默不语，陆云大惊失色，出来后说："远邦异域，理当不熟悉我们的祖辈，何至如此计较？"陆机说："我们的父亲、祖父名扬四海，哪有不知道的呢？这鬼仔竟敢如此放肆！"在魏晋，当面直呼对方父祖的名字是一种具有侮辱性、挑衅性的行为。陆云可以忍辱，但陆机不愿意，作为对抗，他也直呼卢志父祖名字，双方自此结怨。

陆机出身望族，才能又特别杰出，他入洛时怀着热切的振兴家族的愿望。当然，他也被寄托着原东吴士族的期望，希望在南方士族普遍受到压制的情况下，杀开一条通往朝廷中枢的路。或许是愿望过于热切，再加上西晋政坛的恶浊空气的污染，陆机显得有些浮躁，有些不择手段。他先是依附于少年权贵贾谧，成为贾谧"二十四友"之一，后来又成为赵王司马伦的僚属，参与到诛杀贾谧的行动中，并因此封侯。赵王伦篡位，被齐王司马冏处死，陆机因有参与谋逆的嫌疑而被捕入狱，因成都王司马颖营救，免于死刑而被流放，恰好赶上朝廷大赦天下，陆机才逃过一劫。当时北方动荡不安，南方士族顾荣、戴若思等都劝陆机回乡。同为"吴郡四姓"之一的张翰，时为齐王冏东曹掾，见北方大难将兴，"见秋风起，乃思吴中菰菜、莼羹、鲈鱼脍，曰：'人生贵适志，何能羁宦数千里，以邀名爵乎？'遂命驾而归"。

但陆机认为这是建功立业、重振家族声威的机会，便依附于对他有救命之恩、最具实力的成都王司马颖。司马颖先是表他为平原内史（后人遂称陆机为陆平原），后又委以重任，任命陆机为河北大都督，率领二十万大军讨伐长沙王司马乂。可惜诸将妒忌，各自为政，处处掣肘，导致陆机于河桥一役中大败。受司马颖宠信的佞臣和诸将合力诬蔑陆机谋反，最终陆机含冤被杀，他的两个儿子与弟弟陆云、陆耽也遇害。

陆机自恃才望，肩负着建功立业、振兴家族的重担，奋不顾身、孤注一掷，最终被云诡波谲的动荡局势吞噬。从他的经历，也可以看出南方士族在东吴灭亡后的心境、处境。

陆机学识渊博、才华横溢，著述宏富，同时也是一位杰出的书法家。他的章草作品《平复帖》是中国古代存世最早的名人书法真迹，也是历史上第一件流传有序的法帖墨迹，有"法帖之祖"的美誉，被国家列为"禁止出境展览文物"。遗憾的是，陆机43岁即遇害，他的学识才华未能得到充分的发挥。

三

陆机是西晋最具代表性的诗人，他的创作及理论都显示出两晋南朝诗歌的总体趋势及基本特征，因而尝一脔而知鼎味，透过陆机诗歌的得失也能大体了解两晋及南北朝诗歌的得失。在两晋南北朝，陆机最受推崇的是他的拟《古诗十九首》及拟乐府。下面各选一首试作分析。

古诗十九首·西北有高楼

西北有高楼，上与浮云齐。交疏结绮窗，阿阁三重阶。
上有弦歌声，音响一何悲！谁能为此曲？无乃杞梁妻。
清商随风发，中曲正徘徊。一弹再三唱，慷慨有余哀。
不惜歌者苦，但伤知音稀。愿为双鸿鹄，奋翅起高飞。

拟西北有高楼

高楼一何峻，迢迢峻而安。绮窗出尘冥，飞陛蹑云端。
佳人抚琴瑟，纤手清且闲。芳气随风结，哀响馥若兰。
玉容谁能顾，倾城在一弹。伫立望日昃，踯躅再三叹。

不怨伫立久，但愿歌者欢。思驾归鸿羽，比翼双飞翰。

两首诗歌都是先写高楼，接着写弹琴的女子，最后抒发听琴的感受，内容与结构大体一致，但稍作体味，两首诗实质上有着相当大的差异。同样写楼，都写了楼高的总体形象，写了绮窗和台阶，但陆机用了"一何峻""迢迢""峻""出尘冥""蹑云端"等词汇，虽然用词有变化，但强调的仅是"高"这一个意思，辞藻丰富而意义比较贫瘠。《古诗十九首·西北有高楼》的意蕴却丰富得多："那西北方有一座高楼矗立眼前，堂皇高耸恰似与浮云齐高。镂着花纹的木条，交错成绮文的窗格。顶楼四周的屋檐舒展高翘，几层阶梯曲折向上隐没在深处。"楼的高峻、绮丽、幽深和缥缈都表现出来了，同时也衬托出弹琴妇女的形象。

同样是写弹琴妇女，陆机写了她的手，纤细洁白而动作娴熟；写了她的芬芳，袖子挥动散发出的香气时而随微风四溢，时而静止凝结；那悲哀动听的琴音也如同幽兰浓郁的馨香。陆机调动了视觉、听觉、嗅觉等多种感官的功能，进行了非常细致的描绘，使整个场面逼真如在眼前，充满了感官刺激。"芳气"两句遣词造句非常讲究，"哀响"句把琴声比喻为兰花的幽香，用的是通感手法，这些都可以看出陆机修辞的用心。如花似玉、倾城倾国的女子却无人欣赏，她唯有把这种孤独寂寥的心情全部寄托于琴音中，可是，饱含哀情的琴音又究竟有谁愿意来倾听？她唯有长久站立着，看着渐渐西沉的夕阳，再三哀叹着难堪的美人迟暮。《古诗十九首·西北有高楼》集中在琴音一点上："楼上飘下了弦歌之声，这声音是多么的让人悲伤啊！谁能弹出这样悲哀的曲子呢？恐怕是有着和杞梁之妻同样遭遇的苦命人吧？（杞梁之妻本已经丧失父母，又无子女，丈夫一战死，绝望至极，据说一声恸哭，竟使杞之都城为之倒塌）商声清切而悲伤，随风飘发多凄凉！这悲弦奏到'中曲'，便渐渐舒徐迟荡回旋。那琴韵和'叹'息声中，抚琴堕泪的佳人慷慨哀痛的声息不已。"

同样是写听琴后的感受，陆机表达了希望能与对方结为伉俪，使对方幸福的愿望，缺乏感人的力量。《古诗十九首·西北有高楼》的内涵便丰富深刻得多。人生最痛苦的事并非遭遇不幸，而在于这种不幸无人理会，当两颗孤寂之心相逢时，也正是相濡以沫的开始。末句的譬喻也非常精彩。鸿鹄象征着高洁，也非常健飞，"奋翼起高飞"的形象充分地表现了竭力试图摆脱束缚的心情。

总的来说，《古诗十九首·西北有高楼》胜于陆机的拟诗。前者感慨忧愤，含蓄蕴藉，女子的形象完全由高楼和琴音来表现，富有想象空间。整首诗完全从抒情主人公的视角出发，描写高楼，从楼之高到绮窗，再到阶梯，背后其实有着抒情主人公搜索的眼光。由闻琴而引发共鸣，痛感知音难觅，再发奋翼齐飞的愿望。抒情主人公的视觉、听觉、感觉一线贯穿，整首诗浑然一体。陆机诗的结构缺乏这种整体感，那是因为缺乏情感的注入。

陆机诗的长处在于描写的细腻以及辞藻的华丽工巧。

陆机是一个卓有成就的文学理论家,[①] 其《文赋》中有一个非常具有影响力的观点:"诗缘情而绮靡,赋体物而浏亮。"陆机认为诗歌的本质是抒情,语言要精妙,赋是描摹事物形体,要达到逼真令读者有如在眼前的效果。就陆机诗歌创作的实际情况而言,他有意识地吸收了赋体物浏亮的特点,融入诗歌中。比如下面的《日出东南隅行》:

> 扶桑升朝晖,照此高台端。高台多妖丽,濬房出清颜。淑貌耀皎日,惠心清且闲。美目扬玉泽,蛾眉象翠翰。鲜肤一何润,秀色若可餐。窈窕多容仪,婉媚巧笑言。

以上描摹了高台深闺的美女形象。美好容貌光耀照人如皎日,心灵聪慧清纯且优雅,美丽的眼睛发出玉般柔和明亮的光泽,蛾眉修长像翠鸟的羽毛。光洁的皮肤是那么的润泽,而鲜嫩的肤色极具诱惑力,秀美异常。她们身姿窈窕仪态万千,美好的言语笑容婉转妩媚。诗歌大体遵循总分总的顺序,基本是每一句写身体的一部分,用许多词汇进行形容,比如写"貌",用了

---

① 陆机在《文赋》中提出:创作文章"恒患意不称物,言不称意",这便揭示出文学创作的核心问题,即心灵如何去感知、体验事物,又如何运用合适的语言形式把这种感知体验传达出来。以前文论的重心在于探讨文学的本质、功能,陆机鲜明地扭转了这种理论重心,这篇《文赋》也是第一篇关于创作论的专论。

"淑""耀皎日"，写"心"用了"惠""清""闲"。这些地方都可见陆机的极力铺陈刻画。

暮春春服成，粲粲绮与纨。金雀垂藻翘，琼佩结瑶璠。方驾扬清尘，濯足洛水澜。

以上写贵族妇女出游。她们的春服是由绮和纨等高级丝绸做成，非常明亮。头上插着雀形金钗，垂着经过修饰的鸟的羽毛，手腕上佩戴着琼珮瑶璠等各种美玉。

蔼蔼风云会，佳人一何繁。南崖充罗幕，北渚盈軿轩。清川含藻景，高岸被华丹。

洛水边佳人众多，如同风云集会。南崖处处布满临时搭建的罗幕，北面水边停满华丽的大车。清澈的河水上面光影斑驳，高高的河岸上覆盖着鲜红的花朵。南崖北渚、清川高岸，佳人与美景相互辉映，一片热闹景象。

馥馥芳袖挥，泠泠纤指弹。悲歌吐清响，雅舞播《幽兰》。丹唇含《九秋》，妍迹陵《七盘》。

以上写妇女的弹奏、舞蹈及歌唱，写得比较空泛。《幽兰》

本是舞曲名，但这里与"清响"相对，应是指舞蹈时衣服散播出了如幽兰般的香气，是对偶中的借对。《九秋》《七盘》分别为歌曲名、舞曲名，这当然未必真的表演这些节目，只是取其"九""七"相对，即对偶中的数字对，从中可看出陆机运用对偶时的讲究。

　　赴曲迅惊鸿，蹈节如集鸾。绮态随颜变，沈姿无定源。俯仰纷阿那，顾步咸可欢。

　　以上专写妇女的舞姿，写得非常细致生动。舞女紧紧配合着音乐的节奏，有时跃起迅疾如同受惊飞起的鸿雁，有时又如同高贵的鸾鸟优雅从容地下降。随着音乐节奏所表现的情绪，舞女的面部表情也跟着变化，绮丽的身姿又随着面部表情而变化。容颜、身姿、音乐节奏的配合恰到好处。她们的姿态有时动、有时静，变化无定，她们或俯或仰，或退或进，每一个动作都是那样的婀娜多姿令人喜爱。

　　遗芳结飞飙，浮景映清湍。冶容不足咏，春游良可叹。

　　热闹消逝，疾风吹来，佳人残留的香气仍然与风纠缠在一起，尚能闻到。夕阳西斜、疾风吹动草木，那浮云的光景映照着清澈的急流，更是一片恍惚迷离，那遗芳恐怕也是极度陶醉后的幻觉吧。既然热闹终将消逝，"冶容""春游"只能是徒增叹恨，又有什么值得歌咏呢？

这首诗有多方面的代表性。

它显示了对汉乐府《陌上桑》的继承和改造。《陌上桑》叙述秦罗敷拒绝太守调戏的故事，塑造了一个美丽、泼辣、机智的妇女形象。陆机的《日出东南隅行》没有叙事，对妇女形象的刻画仅专注于容貌与舞姿。《陌上桑》描绘了人物内心与人物性格，兼有叙事，而陆机拟作重在描写人物外表，这是两诗的差异。但《陌上桑》对人物内心世界的展现其实并不多，更多的仍然是人物外在的方面。如对秦罗敷的美貌，尤其是借秦罗敷之口极力渲染其夫婿的仪仗、仕途的顺畅、容貌步态等，这两部分是《陌上桑》的主体。而且，乐府中也不尽是朴质，如《长安有狭斜行》《古艳歌》等，也都是近于汉大赋的铺陈夸饰，只是语言没有汉大赋精致典雅，描摹没有汉大赋细致精密而已。所以陆机的这首拟作，其实是沿着《陌上桑》等乐府在人物塑造重外在、语言铺排整饬的基础上，加以踵事增华而已。

它显示了诗赋交融的情况。诗中对妇女形貌、舞姿的描绘，错彩镂金，精雕细刻，都明显地吸收了赋体物的技巧，增强了诗歌刻画的功能、语言的华丽。而诗歌抒情的融入，又使赋的体物带有抒情的功能。如诗中"清川含藻景，高岸被华丹"，"遗芳结飞飚，浮景映清湍"两处景物的描写，尤其是后者，非常形象地表现了热闹过后那种恍惚惆怅的心境。至于诗歌结尾"冶容不足咏，春游良可叹"，乍看似乎是重弹赋"劝百讽一"的老调，其实不然，它通过对冶容春游的否定表达了那种美好事物必然逝去的感伤。

诗中对妇女美貌与舞姿的穷形尽相的描写，也体现了当时人们对女性审美的观察点，即以美色为主。美色当然是人体审美的重要方面，但除此之外，更重要的是人物的心灵世界，最深层的是人物命运所体现出的历史意义。应该说仅重外貌，是比较肤浅的审美趣味。

陆机在政治上未能征服北方士族，饮恨而亡，他的诗歌却成了西晋诗坛最高的代表。钟嵘《诗品》将之列为上品，评曰："其源出于陈思。才高词赡，举体华美。气少于公干（刘桢），文劣于仲宣（王粲）。尚规矩，不贵绮错，有伤直致之奇。然其咀嚼英华，厌饫膏泽，文章之渊泉也。张公叹其大才，信矣！"

第五节　石崇、潘岳与"二十四友"

一

"二十四友"是出入少年贵族贾谧之门的一个文学团体。《晋书·贾充传》载：

谧好学，有才思。既为充嗣，继佐命之后，又贾后专恣，谧权过人主，至乃锁系黄门侍郎，其为威福如此。负其骄宠，奢侈逾度，室宇崇僭，器服珍丽，歌僮舞女，选极一时。开阁延宾。海内辐凑，贵游豪戚及浮竞之徒，莫不尽礼事之。或著文章称美谧，以方贾谊。渤海石崇欧阳建、荥阳潘岳、吴国陆机陆云、兰陵缪徵、京兆杜斌挚虞、琅邪诸葛诠、弘农王粹、襄城杜育、南阳邹捷、齐国左思、清河崔基、沛国刘瑰、汝南和郁周恢、安平牵秀、颍川陈眕、太原郭彰、高阳许猛、彭城刘讷、中山刘舆刘琨皆傅会于谧，号曰二十四友，其余不得预焉。

贾谧是西晋大权臣贾充的外孙，因贾充无子，于是被过继给贾充做后嗣。他的姨母贾南风（过继后应称姑母）是皇后，权力欲望极强，凶残又很有权谋手段，她控制着严重智障的惠帝司马衷，成为事实上的皇帝。贾谧权力熏天，少年得志，自然是作威作福，生活极其奢侈，他还好学有才思，招揽文士，因此许多贵族子弟、外戚及其他热衷权势财富的人便自然而然地趋之若鹜。他们之间频繁地用诗歌酬赠，内容几无例外地互相吹捧奉承，文才虽参差不齐，但都竭力追求形式的华丽。这个团体后来随着贾谧被赵王伦处死而瓦解，但毕竟还是有值得注意的地方。如果忽略政治因素，单从文学角度来看，"二十四友"是个精力旺盛、产量颇丰的文学社团，其存诗数量占了西晋文士诗歌总量的一半；他们的文学活动——"金谷雅集"是西晋文学繁盛的象征；他们当中几名精英分子，如潘岳、陆机、左思等，至今仍在中国文学史上闪烁华彩。

二

"二十四友"以石崇和潘岳为首。石崇是西晋开国功臣石苞的儿子，因较有才干，又是功臣之后，很受皇帝重视，历来担任重要职务。他挥金如土，但也爱财如命，荆州是当时的大都会，过往商人非常多，他担任荆州刺史的时候，经常命令手下抢劫商人，官变为匪，聚敛了相当多的财富。他又经营着规模很大的庄园，成为当时首屈一指的富豪。他与晋武帝的舅舅、山都县公、后将军王恺的激烈斗富，是西晋上层贵族拜金主义、奢侈生活的最集中展示。而在无休止的斗富炫富中，影响最为恶劣的是斗谁能杀伎妾。这些伎妾都衣着华美，不逊贵族千金，更兼擅歌舞，才色双全。聚宴时石崇让这些伎妾劝人饮酒，如果客人不饮，他就立刻把这伎妾杀了。王恺宴请客人时，让一帮伎妾演奏音乐助兴，谁要是演奏走了调跑了音，立刻当场被活活打死。在当时伎妾仅是高级的奴隶，在他们眼中当然还是商品，是财富的体现，但擅杀伎妾，于道德、于法律都是不允许的。他们已经不单单是斗富，更在斗狠，在斗谁更敢违背道德，挑战法律。

石崇有一处庄园在金谷，他曾与三十个同僚在此聚会，并且与会者都要作诗，这是西晋诗坛的一大盛事。这些诗编成了一部诗集，可惜基本上没有流传下来，但石崇所作的序现存于世，能够让我们了解当时的情况，也很能显示石崇的文采。《金谷诗序》：

　　余以元康六年，从太仆卿出为使持节监青、徐诸军事、征虏将军。有别庐在河南县界金谷涧中，去城十里，或高或下，有清泉茂林，众果、竹、柏、药草之属，莫不毕备。又有水碓、鱼池、土窟，其为娱目欢心之物备矣。时征西大将军祭酒王诩当还长安，余与众贤共送往涧中，昼夜游宴，屡迁其坐，或登高临下，或列坐水滨。时琴、瑟、笙、筑，合载车中，道路并作；及住，令与鼓吹递奏。遂各赋诗以叙中怀，或不能者，罚酒三斗。感性命之不永，惧凋落之无期，故具列时人官号、姓名、年纪，又写诗著后。后之好事者，其览之哉！凡三十人，吴王师、议郎关中侯、始平武功苏绍，字世嗣，年五十，为首。

　　首句叙自己官职，次之叙金谷园之美盛，一则言"莫不毕备"，一则言"其为娱目欢心之物备矣"。次之接叙宴游，"昼夜游宴，屡迁其坐"，从时间、地点两方面叙游宴之兴，"或登高临下，或列坐水滨"。次之叙"屡迁其坐"。最后叙赋诗言志，罚酒令，记与会者官号姓名、年纪等。

　　石崇喜欢写乐府诗，喜欢以历史上的贤媛为题材。比如《楚妃叹》《王明君词》，前篇咏叹春秋时楚庄王贤妃樊姬谏庄王狩猎及进贤事，后篇歌王昭君出塞事，这都跟他有文采和喜欢歌舞有关。乐府诗本来是配乐演奏的，他家里养着一帮歌伎，他亲自创作新词让她们演唱供娱乐。《楚妃叹》《王明君词》是当时流行的曲调，比他稍前的嵇康《琴赋》便说到"《王昭》《楚妃》《千里别鹤》，犹有一切，承问篁乏，亦有可观者焉"。但最早为曲调创作歌词的大概要算石崇了，《王明君词》尤其有名：

> 昔公主嫁乌孙，令琵琶马上作乐，以慰其道路之思，其送明君，亦必尔也。其造新曲，多哀怨之声，故叙之于纸云尔。
>
> 我本汉家子，将适单于庭。辞诀未及终，前驱已抗旌。仆御涕流离，辕马为悲鸣。
>
> 哀郁伤五内，泣泪沾朱缨。行行日已远，遂造匈奴城。延我于穹庐，加我阏氏名。
>
> 殊类非所安，虽贵非所荣。父子见凌辱，对之惭且惊。杀身良不易，默默以苟生。
>
> 苟生亦何聊，积思常愤盈。愿假飞鸿翼，弃之以遐征。飞鸿不我顾，伫立以屏营。
>
> 昔为匣中玉，今为粪上英。朝华不足欢，甘与秋草并。传语后世人，远嫁难为情。

贾谧被赵王伦诛杀后，石崇因为是贾谧的同党而被免职。赵王伦的宠臣孙秀贪图石崇富可敌国的财富，也垂涎石崇宠妾绿珠的美色，于是凭借着赵王伦的权势，以谋反罪名处死了石崇一家人。同时被杀的还有石崇的外甥欧阳建、好友潘岳。由于受石崇的连累，他的母亲、妻儿及兄弟一共 15 人，无论男女老少，都被处死。霍霍屠刀下一字排开的家人，瑟瑟发抖，有年迈的老母，有天真的幼子。面对这些，不知石崇作何感想？是惭愧、无奈，还是愤恨？愤恨贪婪凶残的孙秀，还是痛恨西晋疯狂的上层社会？

绿珠长得美艳，能歌能舞，擅长吹笛，也颇有诗才。她作有一首《懊侬歌》："丝布涩难缝，令侬十指穿。黄牛细犊车，游戏出孟津。"一个缝衣的贫家女，十指都被针刺破了，还在缝，心中却想象着像贵族女子一样，坐着黄牛细犊车，到名胜孟津渡去游览嬉戏。诗歌写了贫贱女的白日梦，梦境的美好衬托得现实更加的愁惨。孙秀派逮捕石崇的士兵到石崇家时，他正在楼上宴饮享乐，凄凉地对着绿珠说："我可是因为你而得祸的啊。"绿珠泪流满面说："我当以死报答您的恩情。"于是纵身跳下高楼，香消玉殒。绿珠的故事成为后人创作的一个题材。官员与侍妾的情爱悲欢，在封建社会是一种比较普遍的情感关系，与官员和妻子严肃枯燥的关系比起来，显得更为浪漫。绿珠坠楼，红颜薄命，她的报恩坚贞，引发世人无限的感慨。

三

潘岳，字安仁，是太康诗风的重要代表。他的为人、诗歌反映出当时普遍的社会风尚和文学特征。

潘岳之所以出名，主要有三个原因。其一，他是极有名气的美男子，至今仍然活在"貌胜潘安"这个成语中。《语林》："安仁至美，每行，老妪以果掷之满车。"成语"掷果盈车"出自这里。潘岳的文才、美貌与夏侯湛齐名，两人又是朋友，经常一起出入，当时的人赞扬他们两人为"连璧"。据说相貌丑陋的左思学潘岳驾车出游，结果别人投掷的却是石头、鸡蛋。左思东施效颦，为人所嘲笑。其二，潘岳是无耻文人的代表，是人品与文品相冲突的典型。他与石崇极力讨好比他们年少得多的少年权贵贾谧，远远地看到贾谧的车驶来，立刻在路旁跪拜。公众场合下，非常坦然地表现出他们的奴颜媚骨。潘岳创作了《闲居赋》，描述他罢官隐居的生活，标榜他的清高脱俗、淡泊名利。元好问曾有诗歌对此进行评论："心画心声总失真，文章宁复见为人？高情千古《闲居赋》，争信安仁拜路尘？"其三，他善抒哀情，尤以悼念亡妻的《悼亡诗三首》最为优秀，是同类作品的典范之作，因此"悼亡"一词的"亡"由泛指死者变为特指亡妻。其一曰：

荏苒冬春谢，寒暑忽流易。之子归穷泉，重壤永幽隔。
私怀谁克从，淹留亦何益？僶俛恭朝命，回心反初役。
望庐思其人，入室想所历。帏屏无仿佛，翰墨有余迹。
流芳未及歇，遗挂犹在壁。怅恍如或存，回遑忡惊惕。
如彼翰林鸟，双栖一朝只。如彼游川鱼，比目中路析。
春风缘隙来，晨溜承檐滴。寝息何时忘？沉忧日盈积。
庶几有时衰，庄缶犹可击。

潘岳父亲曾做过琅琊太守，孙秀是下属小吏。潘岳看不惯孙秀的狡猾耍小聪明，经常鞭打他。后来孙秀擅权、恣意报复虐杀，潘岳在朝廷上遇到孙秀，试探性地问孙秀："孙尚书令是否还记得昔年交游相处呢？"孙秀说："中心藏之，何日忘之！"潘岳知道自己难逃一死。当初被收押，石崇和他都不知道对方也在其中，石崇先被送往刑场，潘岳后至，石崇对他说："安仁，怎么你也来了！"潘岳回答道："可谓白首同所归。"潘岳《金谷诗》云："投分寄石友，白首同所归。"本意是说两人情投意合，感情如同石头般坚固，希望到老还在一起，没料到一语成谶。潘岳的母亲及四个兄弟、兄弟之子、已经出嫁的女儿，无论长幼一概被害，唯有一个侄子逃亡得免，一个侄女与其母相抱号呼不可解，于是被赦免。

第六节　左思与刘琨

在西晋诗坛上，左思、刘琨是比较独特的存在。当时诗坛的主流特征是文采繁缛而骨力柔靡，他们两人却是文辞质朴而骨力刚劲。左思诗歌抒发着书生意气、备受门阀制度压迫的愤愤不平，刘琨诗歌抒发跃马挥戈的豪情和英雄末路的悲怆。他们就像生长在富艳柔媚的牡丹丛中的两棵苍劲古松。

一

左思（约 250—305），字太冲，齐国临淄（今山东淄博）

人。在儒学史学方面有一定造诣，擅长诗赋创作，少有大志。他说自己"著论准《过秦》，作赋拟《子虚》"，也研究过《司马穰苴兵法》，希望能平吴定胡实现抱负，"长啸激清风，志若无东吴。铅刀贵一割，梦想骋良图。左眄澄江湘，右盼定羌胡。功成不受爵，长揖归田庐"（《咏史》其一）。晋武帝时，因其妹左棻被选入宫，举家迁居洛阳，任秘书郎。晋惠帝时，依附权贵贾谧，为贾谧的"二十四友"之一。后因贾谧被诛，遂隐居专心著述。齐王司马冏召为记室督，不就。太安二年（303），因张方进攻洛阳而移居冀州，不久病逝。

左思虽然愿望热切，自视甚高，但一生萧索。《咏史》其八是他人生的自我写照："习习笼中鸟，举翮触四隅。落落穷巷士，抱影守空庐。出门无通路，枳棘塞中涂。计策弃不收，块若枯池鱼。外望无寸禄，内顾无斗储。亲戚还相蔑，朋友日夜疏。"他说自己想有所作为，但处处碰壁，像笼中鸟，一挥动翅膀就碰到鸟笼。这是因为，其一，他的妹妹左棻虽然被晋武帝纳入宫中，但根本不受宠。左棻有才有德而相貌丑陋，好色如命的晋武帝纳她入宫中无非是标榜自己好才德而不好色而已。左思无法利用他外戚的身份改变自己的命运。其二，最重要的一点，左思个人的素质跟西晋门阀制度不协调。那个时代注重出身，他却是寒族；那个时代非常注重容貌、清谈能力，他却相貌丑陋、口讷；当时玄学兴盛，他所擅长的却是儒史和诗赋创作。因为无势无钱，亲戚朋友都鄙视疏远他，尽管他竭尽全力，用十年时间创作出"洛阳纸贵"的《三都赋》，但对他的仕途也并没有太大的帮助。他确实是生不逢时。

在门阀政治制度下，他深刻地感受到压抑，愤怒地批评门阀政治的不合理，强调寒门才俊的价值，捍卫寒士的尊严，这是他的代表作《咏史》八首所表达的最主要的内容。在第七首中他借咏古代贤士的坎坷遭遇，沉痛地指出："何世无奇才，遗之在草泽。"对扼杀人才的黑暗现实进行了猛烈的抨击，其笔锋之尖锐，在两晋南北朝是不多见的。《咏史》诗还借咏古人，阐明了诗人的生活态度和志向，声称："贵者虽自贵，视之若埃尘。贱者虽自贱，重之若千钧。"《咏史》其五曰：

> 皓天舒白日，灵景耀神州。列宅紫宫里，飞宇若云浮。
> 峨峨高门内，蔼蔼皆王侯。自非攀龙客，何为歘来游？
> 被褐出阊阖，高步追许由。振衣千仞岗，濯足万里流。

他从高处俯瞰美轮美奂的宫殿高阁，那是俗世中最高权力和财富的象征，他猛然意识到自己并非攀龙附凤之人，他渴望的是隐士许由那样虽贫贱但自由的生活。因而他果断离开京城，效仿许由做了个隐士，到高山上振衣，到长河中清除世尘。只有将身上的尘秽除尽，精神才能获得重生，获得超越。险峻耸峙的高山，浩荡的万里长流，把左思的身姿衬托得无比高大。

《咏史》其二无论在主题，还是艺术方面，都最具代表性。

诗曰：

> 郁郁涧底松，离离山上苗。以彼径寸茎，荫此百尺条。
> 世胄蹑高位，英俊沉下僚。地势使之然，由来非一朝。
> 金张借旧业，七叶珥汉貂。冯公岂不伟，白首不见招。

"世胄（世家子弟）蹑高位，英俊（杰出人才）沉下僚"是对门阀政治不平等现象的最扼要抨击。这一主题及其表达的寒士的抗争情感，在西晋乃至整个南北朝诗歌史上都不多见，因而显得可贵。

诗歌的力量不单在于主题的深刻与情感的慷慨激昂，还在于如何表达。诗歌开头采取传统的比兴手法，以茂盛而处于涧底的松树譬喻有杰出才能的寒门士子，以生于高山却柔弱下垂的初生草木比喻无才的贵族子弟，山上苗凭借地势即使柔弱也能完全遮盖涧底松，这个比喻顺利地引出了诗歌的主题。诗歌后半部分由现实转入对历史的追根溯源，"金张"指西汉的金日磾和张汤；"珥貂"代指侍中这一显贵的官职，汉代侍中帽子上都插着貂尾。这两家是汉代显宦，其所受到的皇帝的宠爱可以与外戚匹敌，至于冯唐，虽然有才能，但到老了仍未受到重用。当左思由对现实的愤愤不平而进入对历史的追溯时，他的情感变得如何呢？他是否会因为理智上获得一种规律性的认识而变得无奈，从而平静下来？是否会因为存在着与自己同一处境的古人而得到安慰，得到前进的力量呢？但无论如何，情感由之前的激烈而趋向一种深沉厚重的平静，诗歌也因其含蓄而富有魅力。左思诗歌的语言并不精美，所用的是常用词，句式散文化，"涧底松""山上苗"也不致力于对物象的描绘，只是用力捕捉其丰富的寓意。左思的诗歌更用力的是内涵而非言辞。总之，"左思风力"的"风力"不仅指慷慨激昂的情绪，更表现了这种由慷慨激昂趋向于深沉厚重的平静，这才是诗。钱钟书说得透彻："文学非政治选举，岂以感人之多寡为断，亦视能感之度、所感之人耳。故以感人而言，亦有讲究辨别；鄙见以为佳作者，能呼起读者之嗜欲情感而复能满足之者也，能摇荡读者之精神魂魄，而复能抚之使静，安之使定者也。盖一书之中，呼应起讫，自成一周，读者不必于书外别求宣泄嗜欲情感之具焉。"（《中国文学小史序论》）

左思的咏史诗是一大创造，他改变了自班固《咏史》以来以叙事为重的写法，使"咏史"成了抒情的手段。因为咏史是为了抒发自己的情感，所以重在对历史人物与自身相似处境遭遇的描述，而非对历史事件的完整性与历史意义的书写，也非对历史人物的功过善恶的评价，甚至也不太考虑历史的细节真实。比如左思提到的冯唐，他确实长期沉沦下僚，但后来因批评汉文帝对待有功大将过于苛察严酷而受到重用，被任命为使者持节到云中郡赦免魏尚的罪过并恢复他的职位，他本人也被任命为"车骑都尉，主中尉及郡国车士"，景帝时又被任命为楚国国相，虽算不上大富大贵，但也不能说是"白首不见招"。咏史诗其实是借题发挥，借古人之酒来浇自己胸中之块垒。为何能浇灭心中的愤懑呢？这主要是因为在与自己处境相似的古人中找到了一种群体的归属感和认同感。

左思还有《招隐诗二首》。两首内容有所不同，第一首表达左思鄙视仕宦向往隐逸的思想，第二首表达仕与隐并无决然的区别与高低之分，无可无不可，鲜明地体现了西晋以仕为隐、以隐为仕的朝隐观念，既有仕之权力财富，又得隐之悠闲高名，这样就兼得鱼与熊掌了。两首诗的写法也不同。第一首侧重对山水的描绘，讲究形似；第二首采用比喻，并通过组织剪裁一连串的典故来表达自己的情志。第一首写山中美景，"白雪停阴冈，丹葩曜阳林。石泉漱琼瑶，纤鳞或浮沉"，色彩明妍，充满生机。又写山水清音、灌木悲吟，"非必丝与竹，山水有清音。何事待啸歌？灌木自悲吟"。"丝"指琴瑟等用丝做的乐器，"竹"指箫笛等乐器，"啸歌"指口技，是魏晋人特别喜欢的抒发感情的音乐方式。左思认为山水清音、灌木悲吟等自然界的天籁比人为制造的乐器和啸歌更好。他第一次集中地表现了魏晋人的音乐审美观，崇尚自然、崇尚清新悲婉。这两首诗表现了左思的仕隐观、审美观以及运用对偶、用典以及刻画景物等能力。两相比较，自然是第一首更为优秀，历来的诗歌选本也经常是仅选第一首，但其实两首综合着品读才能更全面地了解左思以及魏晋士人的思想和诗艺。

二

与左思风格相近的是刘琨。刘琨，字越石。年轻时曾为"二十四友"之一，浮夸贪利。永嘉之乱后，中原沦为少数民族争战之地，刘琨孤军据守晋阳近十年，抵御前赵，不久并州失陷，投奔幽州刺史段匹磾。318 年，刘琨及其子侄四人被段匹磾杀害。其英雄慷慨之气与祖逖并名，两人志气相投，闻鸡起舞，他听说祖逖被朝廷任命，写信给亲故说："吾枕戈待旦，志枭逆虏，常恐祖生先吾著鞭。"其意气相期如此。"闻鸡起舞""枕戈待旦""先吾著鞭"这些成语至今仍然激励着人们要奋发有为。他在《答卢谌书》的序中提到自己的艰难处境："自顷辀张，困于逆乱，国破家亡，亲友凋残。块然独坐，则哀愤两集；负杖行吟，则百忧俱至。时复相与举觞对膝，破涕为笑，排终身之积惨，求数刻之暂欢。譬由疾疢弥年，而欲一丸销之，其可得乎！"他在被段匹磾囚禁自知死期将至时作诗《重赠卢谌》，勉励他建功立业，末叙自己英雄末路之悲："朱实陨劲风，繁英落素秋。狭路倾华盖，骇驷摧双辀。何意百炼刚，化为绕指柔！"他的英雄气质、国仇家恨、出师未捷身先死的遗憾，融成他诗歌慷慨悲怆的风格，感人至深。钟嵘《诗品》评他的诗曰："善为凄戾之词，自有清拔之气。琨既体良才，又罹厄运，故善叙丧乱，多感恨之词。"元好问赞扬他说："曹（曹植）刘（刘桢）坐啸虎生风，四海无人角两雄。可惜并州刘越石，不教横槊建安中。"

第五章　东晋的清谈与诗歌

东晋清谈的最突出特征是，局面更加热烈兴盛，但义理缺乏创新，清谈基本上成为士族名士身份的象征和自我表现的手段，成为高雅的娱乐方式。之所以出现这种情形，是因为在东晋，门阀士族已经完全垄断社会各领域，他们所推崇的玄学思想自然也就获得了独尊的地位。一种思想一旦处于独尊，僵化的厄运自然就难以避免。但士族又必须用一种方式来标榜他们的独特，以与其他社会阶层作区分，因而他们更加陶醉于清谈，沉溺于清谈。正如《红楼梦》所说的"烈火烹油，鲜花着锦，也不过是瞬间的繁华，一时的欢乐"。表面繁荣，内里的精神却日趋衰竭了。

对于东晋诗歌，刘勰有相当中肯的评论："江左篇制，溺乎玄风；嗤笑徇务之志，崇盛亡机之谈。袁（袁宏）、孙（孙绰）以下，虽各有雕采，而辞趣一揆，莫与争雄。"（《文心雕龙·明诗》）又说："自中朝贵玄，江左称盛；因谈余气，流成文体。是以世极迍邅（困苦），而辞夷泰；诗必柱下（指老子）之旨归，赋乃漆园（指庄子）之义疏。"（《文心雕龙·时序》）东晋诗歌已经受到清谈非常大的影响，尤其是内容上都是嘲笑经时济世为庸俗，推崇忘怀得失为超脱，连篇累牍的都是用诗歌发表对《老子》《庄子》两书义理的理解，内容雷同，叠床架屋，其风格为"理过其辞，淡乎寡味"（钟嵘《诗品·序》），这类诗歌被后世称为"玄言诗"。东晋是玄言诗最为兴盛的时期。

东晋的清谈与诗歌有两个明显特点。一是清谈极其兴盛，而诗歌的创作却相当冷落。二是清谈的内容与诗歌的内容密切相关。清谈的内容主要是谈玄（包括佛理）、人物品鉴及山水欣赏，诗歌中相应的是交际诗中对应酬对象的刻画赏誉、玄言诗及山水诗。东晋诗歌之所以受到冷落，且受清谈的重要影响，也是因为士族完全垄断了社会文化。他们的重心在于清谈，诗歌只是他们清谈的余兴。

清谈并不是为了解决实际的社会问题，而是满足个人的兴趣和标榜身份的手法，诗歌也是如此，它们作为"长物"（多余之物）的性质更加突出了。

第一节　清谈的中兴

两晋之际社会动乱剧烈，士族疲于保家保命，无暇顾及清谈，随着东晋政权的建立及士族生活的安定，清谈的热情再度重燃，遂形成清谈中兴的局面。

一

东晋清谈非常兴盛，局面也非常激烈。《世说新语·文学》

多有记载。

支道林、许、谢盛德，共集王家。谢顾谓诸人："今日可谓彦会。时既不可留，此集固亦难常，当共言咏，以写其怀。"许便问主人有《庄子》不，正得《渔父》一篇。谢看题，便各使四坐通。支道林先通，作七百许语，叙致精丽，才藻奇拔，众咸称善。于是四坐各言怀毕。谢问曰："卿等尽不？"皆曰："今日之言，少不自竭。"谢后粗难，因自叙其意，作万余语，才峰秀逸，既自难干，加意气拟托，萧然自得，四坐莫不厌心。支谓谢曰："君一往奔诣，故复自佳耳！"

谢胡儿（谢朗）语庾道季（庾和）："诸人莫（通"暮"）就卿谈，可坚城垒。"庾曰："若文度（王坦之）来，我以偏师待之；康伯（韩康伯）来，济河焚舟。"

谢胡儿就是咏"撒盐空中差可拟"的谢朗。庾和是庾亮的长子，性情率真颖悟，擅长清谈。谢朗对庾和说，傍晚诸人会到你这里与你清谈，你可以坚固你的城堡壁垒。庾和说，如果是王坦之来，我以偏师对待他；如果是韩康伯来，我将济河焚舟，拼死一搏。清谈并非闲聊，也非即兴演说。谢朗提前告知并提醒庾和要早做准备，庾和也根据对手的实力制定对策，他们都相当慎重。在他们的理解中，清谈场就是战场，激烈的论辩同样是硝烟弥漫。

谢朗和庾和的对话，让我们真切地感受到什么叫作"舌战"。

清谈是一种高强度的智力竞赛，身体比较弱的人未必能承受。卫玠与谢琨通宵达旦辩论，"玠体素羸，恒为母所禁。尔夕忽极，于此病笃，遂不起"。一次支遁拜访谢安。谢安的侄子谢朗当时十五六岁，刚病愈，与支遁论辩，非常激烈。谢朗母亲在墙壁后边听，一再派遣奴婢传话让儿子回房。谢安仍然让谢朗继续。谢朗母亲无奈亲自出来，激动地说："我丈夫早卒，一生所寄，唯在此儿。"因流涕抱儿以归。谢公语同坐曰："家嫂辞情慷慨，致可传述，恨不使朝士见！"谢朗母亲之所以言辞情感如此慷慨，是因为清谈对于精神身体的消耗极大。谢安当然知道，他之所以一再坚持让谢朗清谈，是因为清谈对于一个人的名誉仕宦、家族地位的维持具有非常重要的作用。

许掾年少时，人以比王苟子，许大不平。时诸人士及支法师并在会稽西寺讲，王亦在焉。许意甚忿，便往西寺与王论理，共决优劣。苦相折挫，王遂大屈。许复执王理，王执许理，更相覆疏，王复屈。许谓支法帅曰："弟子向语何似？"支从容曰："君语佳则佳矣，何至相苦邪？岂是求理中之谈哉！"

清谈是事关个人名誉的大事。许询听人把他与王修相提并论，非常愤怒，立即"共决优劣"。即使已经赢了还穷追猛打，仅仅是要证明自己远远胜于王修而已。

二

东晋人物品评的风气很盛，与魏、西晋有一脉相承之处，差异也比较大。魏末西晋喜用"玉树""连璧""珠玉"等形容人既光彩照人又高贵，是西晋贵族渴望脱俗又不忘富贵的心态的最好体现；既欣赏人的土木形骸，也欣赏人的装饰，还欣赏男性的柔弱乃至病态美。东晋显示出新的时代特征，即更强调自然的脱俗，所以不愿意谈富贵、谈形貌修饰。由于特别强调清高脱俗，他们舍弃西晋常用的"珠玉"等比喻物，而大量采用自然景物来比喻。

我们看《世说新语·容止》的几则记载。

庾太尉（庾亮）在武昌，秋夜气佳景清，使吏殷浩、王胡之之徒登南楼理咏。音调始遒，闻函道中有屐声甚厉，定是庾公。俄而率左右十许人步来，诸贤欲起避之。公徐云："诸君少往，老子于此处兴复不浅。"因便据胡床，与诸人咏谑，竟坐甚得任乐。后王逸少（王羲之）下，与丞相（王导）言及此事。丞相曰："元规（庾亮）尔时风范不得不小颓。"右军答曰："唯丘壑独存。"

庾亮原为执政大臣，由于一意孤行，激起苏峻等的叛乱，事情发生又处理极其不当，导致京师沦陷。叛乱平定后被迫离开中枢，镇守武昌。庾亮位高权重，为人又有风格峻整的一面，此次竟主动与僚属等一起理咏戏谑，在王导看来这是庾亮遭受重大政治挫折后心情比较颓废的表现，但在王羲之眼中，这却是"唯丘壑独存"，即说他能超越荣辱、等级，从而欣赏武昌的秋夜佳景。

谢车骑（谢玄）道谢公（谢安）："游肆复无乃高唱，但恭坐捻鼻顾睐，便自有寝处山泽间仪。"

庾亮、谢安都是朝廷重臣，评论者总是刻意突出其丘壑神韵、山林气质。本来，西晋士族已经开始"自然"与"名教"的合一，郭象也已经在理论上提出"圣人虽在庙堂之上，然其心无异于山林之中"（《庄子注》），但成为一种比较普遍性的评价标准，尤其是在人格实践上有比较好的落实的，却是在东晋。

海西时，诸公每朝，朝堂犹暗，唯会稽王来，轩轩如朝霞举。

朝廷与早朝，当然是富丽堂皇而又庄严肃穆的，可司马昱自远处进入殿堂时，却给朝臣以朝霞初升照破黎明的感觉。"朝霞举"的精妙譬喻，传神地突出司马昱的富艳尊显和脱俗明澈。

东晋时，也常以神仙比喻人的神采。

王右军见杜弘治，叹曰："面如凝脂，眼如点漆，此神仙中人。"时人有称王长史形者，蔡公曰："恨诸人不见杜弘治耳！"

杜乂的面容犹如凝冻的油脂一样，鲜嫩、光滑、白皙，眼珠如一点黑漆，乌黑发亮，具有同美女一样的体貌特征。这非常容易让人联想起《庄子·逍遥游》对姑射山神人的描绘："藐姑射之山，有神人居焉，肌肤若冰雪，绰约若处子。"

王长史为中书郎，往敬和许。尔时积雪，长史从门外下车，步入尚书，著公服。敬和遥望，叹曰："此不复似世中人！"

就魏末两晋人物审美的主流而言，很多都能在《庄子》一书中找到原型，可以说，魏晋的人物审美，是在特定历史条件下对《庄子》的落实与发展。

三

东晋玄学名士所谈的玄理，基本上沿袭正始、西晋时期，并没有多少创新，学识、思辨能力也不及正始时期。它的创新主要在言说方式上，含蓄隽永，富有机锋，显示出东晋名士的诗意和机智。

旧云，王丞相过江左，止道声无哀乐、养生、言尽意三理而

已。然宛转关生，无所不入。(《世说新语·文学》)

《声无哀乐论》《养生论》是嵇康的名作，《言尽意论》是西晋欧阳建的精辟见解。东晋初的清谈领袖王导所谈的不过这三个理论，缺乏开拓性。王导有所推进的仅在于，把这"三理"加以融会贯通，并运用于音乐、养生、言意之辨之外，随清谈对象的变化而变化，联系生发，达到无所不入的地步。

谢安年少时，请阮光禄（阮裕）道《白马论》，为论以示谢。于时谢不即解阮语，重相咨尽。阮乃叹曰："非但能言人不可得，正索解人亦不可得！"(《世说新语·文学》)

先秦名家公孙龙子作《白马论》，提出"白马非马"的著名命题。对这个命题的理解和评价，长期存在着分歧。一种认为公孙龙的论证是典型的诡辩。另一种认为公孙龙的论证深刻地反映出中国古代一个重要的逻辑思想。分歧主要在于"白马""马"究竟是一个抽象的概念，还是生活中确实存在的白马、马；"非"究竟是表示全异关系的"不是"，还是表示相异关系的"不等于"。如果按照生活常识，白马自然是马，这无须辩论。但如果理解为概念，"马者，所以命形也；白者，所以命色也。命色者非命形也。故曰：白马非马"(《白马论》)。"马"是根据形体所下的定义，"白"是根据颜色所下的定义，两概念的内涵完全不同。在逻辑学理上，具有属种关系的概念在内涵和外延上有反变关系，就是说，属概念（如"马"）的内涵比种概念（如"白马"）的内涵少，而属概念在外延方面比种概念大。所以如果"白马非马"按现代语言完整地表达为"'白马'这个概念并不等于'马'这个概念"，则这个命题就完全正确。谢安向阮裕请教时虽然尚年轻，但他天资聪颖，在同辈中非常突出，再联系阮裕的感叹，我们能看到东晋士人在抽象思辨能力方面并不乐观。

《世说新语·文学》有四则记载都跟才性、《四本》论题有关。

殷中军虽思虑通长，然于才性偏精。忽言及《四本》，便若汤池铁城，无可攻之势。

支道林（支遁）、殷渊源（殷浩）俱在相王（司马昱）许。相王谓二人："可试一交言。而才性殆是渊源崤、函之固。君其慎焉！"支初作，改辙远之；数四交，不觉入其玄中。相王抚肩笑曰："此自是其胜场，安可争锋！"

殷仲堪精核玄论，人谓莫不研究。殷乃叹曰："使我解《四本》，谈不翅（'啻'，止）尔！"

殷中军（殷浩）问："自然无心于禀受（通'授'），何以正善人少，恶人多？"诸人莫有言者。刘尹（刘惔）答曰："譬如写（通'泻'）水著地，正自纵横流漫，略无正方圆者。"一时绝叹，以为名通。

才性四本是曹魏时期热烈辩论过的问题。刘劭《人物志》对才性已经有较深入的论述，后来钟会在综合分析诸家观点的基础上撰写了《四本论》。殷浩最擅长的仍然是这一旧问题，至于东晋后期最负盛誉的清谈家殷仲堪，则连《四本论》都难以精通。

殷浩的提问包含两个命题，一是"自然无心于禀受"，这是正始以来普遍接受的观点；二是社会上"善人少，恶人多"，于是两者产生了矛盾，产生了认识上的差异。但这个问题要成为真命题，必须两个小命题都成立。比如"善人少，恶人多"，这个命题正确吗？判断善恶的标准是什么呢？因为首先必须弄清楚标准是否正确，这是前提，就像要称东西，首先要弄清楚所用的称是否准确一样。刘惔实际上就是从这个入手的。他以水作比喻，人性的生成发展，就像倾泻于地面上的水一样，仅由自己纵横流漫，根本没有标准的方形或圆形。他的意思是，自然界、现实中根本不存在绝对的、标准的方或圆，这个绝对的、标准的方或圆是人主观上界定出来的概念。换言之，社会上并不存在着绝对的善或恶的人，善和恶的观念是人主观上界定出来的。拿主观上的概念去衡量现实中丰富多样的事物，自然不正确。刘惔不是去回答究竟是"善人少，恶人多"还是"善人多，恶人少"，而是深一层否定了判定善恶的标准，这便超越了善恶，提倡事物的多样丰富性的发展。刘惔通过一个常见而又精妙的比喻，把这个难题说得透彻而隽永。但实际上，他的思想还是来源于郭象。《庄子·齐物论》："天籁者，吹万不同，而使其自已也。"郭象注曰："无既无矣，则不能生有。有之未生，又不能为生。然则生生者谁哉？块然而自生耳，非我生也。我不生物，物不生我，则自然而已。然谓之天然，天然非为也，故以天言之，所以明其自然故也。"创生万物的是谁呢？郭象认为非"无"、非"有"（这是反对王弼的"无"及裴頠的《崇有论》），也非"我"，而是"自生"。"我生"与"自生"有什么区别呢？"自生"是"自然"，"自然"中的"然"是"天然"的意思，"天然"的意思是非人为，所以"自生"与"我生"的区别是"天然"与"人为"的区别，"自生"的意思是自己天然生成。刘惔的"正自纵横流漫"的"正自"即是郭象"块然而自生耳"的意思。所以我们看到，在义理上，刘惔的思想并未能超越郭象，但两者的表达方式存在着非常大的不同。郭象是典型的辩名析理，刘惔是连类譬喻，达到深入浅出、含蓄隽永的效果。当时所以为"名通"（通，疏解疑义滞理，使之通畅明白），即在这种地方。

第二节　名僧谈玄

东晋的清谈到了中期，出现一个重要的变化，即是佛教徒的参与和佛理的融入。孙绰作《道贤论》，把七个佛教徒与竹林七贤相比附，可见当时佛教徒与玄学名士、佛理与玄理合流的趋势。这是因为"《般若》大行于世，而僧人立身行事又在在与清谈者契合。夫《般若》理趣，同符《老》《庄》。而名僧风格，酷肖清流，宜佛教玄风，大振于华夏"。

支遁是东晋中期的名僧和清谈健将，《世说新语·文学》有非常多关于他的记载。①

王逸少（王羲之）作会稽，初至，支道林在焉。孙兴公（孙绰）谓王曰："支道林拔新领异，胸怀所及，乃自佳，卿欲见不（通'否'）？"王本自有一往隽气，殊自轻之。后孙与支共载往王许，王都领域，不与交言。须臾支退。后正值王当行，车已在门，支语王曰："君未可去，贫道与君小语。"因论《庄子·逍遥游》。支作数千言，才藻新奇，花烂映发。王遂披襟解带，留连不能已。

王羲之相当自信，开始非常鄙视支遁，即使支遁登门，也不跟他交谈，后来为他的才藻所折服，流连不能已，可谓前倨后恭。支遁为得到王羲之认可，通过孙绰的推荐，不成；在孙绰陪

---

① 支遁的名士风格及清谈能力，请参阅拙作《〈世说新语〉的佛教观及其局限性》，《名作欣赏》（中旬刊）2015年第5期。

同下登门拜访，不成；后至于拦车自荐。支遁一再忍辱，也可见希望通过清谈能力获得士族承认的心理。

> 支道林、许掾诸人共在会稽王斋头。支为法师，许为都讲。支通一义，四坐莫不厌心。许送一难，众人莫不抃舞。但共嗟咏二家之美，不辩其理之所在。

这一则记载的大概是在会稽王司马昱书室中举行的讲座。当时讲解佛经，一个唱经发难，叫"都讲"，一人主讲经义并解答都讲的论难，叫法师。支遁为法师，名士许询担任都讲，名僧名士相互配合，为听众贡献了一场精彩的讲座。

> 康僧渊初过江，未有知者，恒周旋市肆，乞索以自营。忽往殷渊源许，值盛有宾客，殷使坐，粗与寒温，遂及义理。语言辞旨，曾无愧色；领略粗举，一往参诣。由是知之。

这一则记载名僧康僧渊通过在殷浩家中大显清谈能力而提高知名度的故事。

东晋佛教流派众多，观点互异，佛教徒之间也展开激烈的辩论。

> 有北来道人好才理，与林公相遇于瓦官寺，讲《小品》。于

时竺法深、孙兴公悉共听。此道人语，屡设疑难，林公辩答清析，辞气俱爽，此道人每辄摧屈。孙问深公：“上人当是逆风家，向来何以都不言？”深公笑而不答。林公曰：“白旃檀非不馥，焉能逆风？”深公得此义，夷然不屑。

一位擅长佛理的北来僧人与支遁在瓦官寺辩论《小品》，当时孙绰及另一名僧竺法深也去听讲。支遁一再挫败对手，意气风发。白旃檀即檀香，有赤白两种，是极其名贵的香料，佛教里经常用来比喻佛法，但波利质多天树香气更神奇，能逆风而传播。所以支遁说，竺法深就像白旃檀，香气并非不浓郁，但哪比得我这波利质多天树。言下之意，竺法深之所以不参与论辩，是因为在自己面前只能藏拙。

于法开始与支公争名，后情渐归支，意甚不分，遂遁迹剡下。遣弟子出都，语使过会稽，于时支公正讲《小品》。开戒弟子：“道林讲，比汝至，当在某品中。”因示语攻难数十番，云：“旧此中不可复通。”弟子如言诣支公，正值讲，因谨述开意。往反多时，林公遂屈，厉声曰：“君何足复受人寄载来！”

此一则记载两名僧争名的事。于法开与支遁争名，后来人们日渐推崇归附支遁，他内心相当愤忿，一气之下隐居到剡下（今浙江嵊州）。他派遣弟子到南京，特地吩咐要经过会稽（今浙江绍兴)。他准确地估计到支遁会讲到《小品》中的第几品,提出《小品》中一直以来无人能够解释得通的几个地方,准备刁难支遁,并教弟子如何发难数十回合。结果支遁确实无法解释,大声说,你老替人传话,做个传声筒,有何意义呢?于法开始愤恨而离开,后则处心积虑以刁难,而支遁论辩理屈则恼羞成怒,两人的意气之争显示出名僧俗态的一面。

佛教徒的清谈能力似比玄学名士强。《逍遥游》所要表达的,是《庄子》核心思想之一,"逍遥游"也是两晋士族人生理想。精心研究的人很多,但要深入全面地理解却极其困难,他们大多是因袭西晋向秀、郭象的见解。能够在向、郭之外提出创新见解并得到名士普遍遵从的却是支遁:"支卓然标新理于二家之表,立异义于众贤之外,皆是诸名贤寻味之所不得。后遂用支理。"殷仲堪与慧远谈论《易经》,问:"《易》以何为体?"慧远答曰:"《易》以感为体。"殷曰:"铜山西崩,灵钟东应,便是《易》耶?"远公笑而不答。钟由铜所铸造成,而铜出于山,铜山与钟的关系就像母与子的关系,所以能感应。但这种感应是汉儒所言的阴阳感应,跟正始以后解《易》所言的感应已经有本质的区别。殷仲堪是东晋后期负盛誉的清谈家,他也常说三日不谈《老子》便觉舌头僵硬,可是对《易经》的理解却不过如此。慧远之所以"笑而不答",是因为双方水平差距过大。

《老子》《庄子》《周易》合称"三玄",是清谈家最基本的研究对象，名僧研究"三玄"，已毫不逊色于名士。至于清谈佛理，则名僧更非名士所能匹敌。

第三节　清谈误国

西晋灭亡，士族南迁，国破家亡，但这一大灾难对于士族而言，只不过是短暂的阵痛。他们先是忙着在朝廷占据重要职位，忙着封山占泽求田问舍。生活稍一稳定，便忙着清谈了。有一些人把西晋的灭亡归于清谈，对清谈进行激烈的批评，如应詹、卞壶、葛洪、庾翼、桓温、王羲之等，但在大环境下他们的声音真的是"露重飞难进，风多响易沉"，更何况有些反对者本身便是清谈场上的健将，如桓温和王羲之。

桓公入洛，过淮、泗，践北境，与诸僚属登平乘楼，眺瞩中原，慨然曰："遂使神州陆沉，百年丘墟，王夷甫（王衍）诸人不得不任其责！"袁虎（袁宏）率而对曰："运自有废兴，岂必诸人之过？"桓公懔然作色，顾谓四坐曰："诸君颇闻刘景升（刘表）不？有大牛重千斤，啖刍豆十倍于常牛，负重致远，曾不若一羸牸。魏武入荆州，烹以飨士卒，于时莫不称快。"意以况袁。四坐既骇，袁亦失色。（《世说新语·轻诋》）

桓温以英雄自期，志在北伐，痛斥王衍诸人清谈误国，把为

王衍辩解的袁宏比作光会吃而不能负重的大牛，恨不得杀掉拿来
犒劳士兵，可谓对清谈深恶痛绝。但实际上，桓温也不可能决绝
地反对清谈，他其实也不得不参与清谈，附庸风雅。

刘尹（刘惔）与桓宣武（桓温）共听讲《礼记》。桓云：
"时有入心处，便觉咫尺玄门。"刘曰："此未关至极，自是金华
殿之语。"（《世说新语·言语》）

"玄门""至极"指玄学所讲的形而上之道、宇宙本体，也指
体悟到这一宇宙本体的人的精神境界，玄学家称之为"体玄识
远"或者"玄心"。金华殿是汉朝未央宫中的一个宫殿名，汉代
大儒郑宽中、张禹曾经在这个宫殿为年轻的成帝讲授儒家经典。
桓温从他人讲解《礼记》中领悟到幽远的玄意，大概是《礼记》
跟《仪礼》《周礼》不同，《礼记》不但讲形而上的礼仪制度，
也讲理论性的礼意礼义，而《礼记》中的《中庸》更富于形而上
色彩。并且自正始玄学兴盛后，儒家也受玄学影响，儒玄双修成
为士人的普遍趋势，在这种情况下，桓玄听讲《礼记》而觉"咫
尺玄门"是很自然的事。但在学识更加博精的刘惔看来，他们所
讲的还只是经学问题，并非形而上之道。桓温把"金华殿之语"
误认为是"咫尺玄门"，这除了他学识有限，更在于无意间流露
了他的心态，他急于在刘惔这样的清谈领袖面前表露自己的玄学
水平，强调他的名士身份。

《世说新语·文学》："宣武集诸名胜讲《易》，日说一卦。简文欲听，闻此便还，曰："义自当有难易，其以一卦为限邪!"《语林》记载，桓温曾与殷浩、刘惔清谈，理屈词穷，恼羞成怒，"唤左右取黄皮裤褶，上马持矟数回，或向刘，或拟殷，意气始得雄"。桓温谈玄不胜，换上黄皮裤褶，上马挥舞着长矛数个回合，有时比画着要刺刘惔，有时比拟着要刺殷浩，这时才显示出那英雄不可一世的气概。从桓温的这种滑稽的行为可以看到他其实特别重视清谈的胜负。

　　王右军与谢太傅共登冶城，谢悠然远想，有高世之志。王谓谢曰："夏禹勤王，手足胼胝；文王旰食，日不暇给。今四郊多垒，宜人人自效。而虚谈废务，浮文妨要，恐非当今所宜。"谢答曰："秦任商鞅，二世而亡，岂清言致患邪?"（《世说新语·言语》）

　　东晋当时战争不断，四境多垒，而作为执政大臣的谢安却有弃世隐居的念头，也热衷清谈，是清谈领袖，王羲之有所不满，所以借机进行规谏。他说，大禹为王事而操劳，手足都起了厚厚的硬茧；周文王勤于政事，到晚上才能吃上饭，每天的时间都不够用。现在朝廷正是多事之秋，应该以大禹、文王为榜样，岂能还热衷于清谈而废弃军政事务，岂能还热衷于浮华文辞而妨碍重要的事务？谢安的反驳看似雄辩，其实是诡辩。其一，秦朝并没有清谈，清谈不会亡国缺乏事实依据。其二，证明秦朝亡于商鞅的法术之治，并不能证明清谈不会导致亡国，这两者不能混为一谈。谢安为清谈所作的辩护虽然缺乏说服力，但他既然坚持清谈，以他的地位和影响，清谈之风自然不可能止歇，更何况王羲之虽然注重政事，也有政治才干，但他本身也是清谈场中的重要人物，这种反对自然缺乏连贯性，充其量只是呼吁士族在关键的时刻对清谈要节制一点而已。

第四节　清谈余事——玄言诗

东晋玄言诗兴盛，许询、孙绰是代表诗人。永和中士族名士组织了兰亭集会，会上所作的诗编成了《兰亭诗集》，都是玄言诗。

一

许询诗名在东晋甚盛，被誉为"五言诗妙绝时人"，可惜现在只留下几个佚句。其《竹扇诗》："良工眇芳林，妙思触物骋。篾疑秋蝉翼，团取望舒影。"制扇工匠在竹林中观察寻找着合适的材料，奇妙的思虑在与竹的接触中变得灵感驰骋，最终在脑海里形成了竹扇的形象。竹篾削得如同秋蝉的翅膀般薄得透明，如同月亮光晕般的浑圆而氤氲朦胧。此诗非常巧于比喻，笔触精细。许绰描写工艺制作，受到庄子的影响，比如《庄子·达生》

里有一个"梓庆削镽"的故事。一个名叫庆的木匠所制作的钟架达到如有神助、巧夺天工的境界，他自陈制作经验是："将为镽，未尝敢以耗气也，必齐以静心。齐（通'斋'，斋戒）三日，而不敢怀庆赏爵禄；齐五日，不敢怀非誉巧拙；齐七日，辄然忘吾有四肢形体也镽当是时也，无公朝，其巧专而外滑消。然后入山林，观天性形躯。至矣，然后成见镽，然后加手焉。不然则已。则以天合天。"他首先通过斋戒，消除掉庆赏爵禄的奢望，也完全不去考虑制作出来的钟架是精巧还是粗陋，别人是批评还是赞扬，甚至遗忘了自身形体的存在，最终在精神修炼方面彻底削除了一切外界的扰乱，达到内心虚静而对制作一事高度专注的程度。在做了这一番精神修炼的准备工作后，才进入山林，得以观察到树木的本质特点，并在心中自然而然地呈现出钟架的形象，然后才动手按照心中钟架的形象加以制作。如果心中钟架的形象没有清晰呈现，便不会动手加工，这个形象在心中自然形成的过程所遵循的原则是以人的本性与物的本性高度契合。庄子以工艺制作比喻悟道过程，强调制作不能预先构思，而是遵循材料本身特点，在心中酝酿自然成象。许询诗也是如此，并且注重修辞，描写精细，他的"五言诗妙绝时人"大概得名于此。

孙绰的玄言诗写得枯燥晦涩，如《答许询》："仰观大造，俯览时物。机过患生，吉凶相拂。智以利昏，识由情屈。"他的《秋日诗》却显示出摆脱抽象言理的趋势：

萧瑟仲秋月，飚戾风云高。山居感时变，远客兴长谣。疏林积凉风，虚岫结凝霄。

湛露洒庭林，密叶辞荣条。抚菌悲先落，攀松美后凋。垂纶在林野，交情远市朝。

淡然古怀心，濠上岂伊遥。

诗歌写秋色，写了云的高、满耳的风声（"萧瑟""飚戾"是形容风的词语）、远处的山峦林木、近处的浓露庭林，一片肃杀景象。朝菌已经衰落了，这令人悲伤，松树经冬不凋，这又让人不得不羡慕它生命力的坚强。但现在我远离市朝，垂纶林野，内心已经没有外物牵绊，淡泊无为，也已经与庄子在濠梁游赏时的那种超然物外、忘情死生的境界差不多了。《秋日诗》的主旨仍不离老庄思想，但有细致生动的物色刻画，由物色兴感，情感交融，在表达上已经完全不同于抽象言理。

二

东晋穆帝永和九年（353）的三月初三，时任会稽内史、右军将军的王羲之邀请谢安、孙绰、孙统等四十一位文人雅士聚于会稽山阴（今浙江绍兴）兰亭修禊，曲水流觞，饮酒作诗。现存的 37 首，有四言有五言，大致表现了集会游赏中超然物外的脱俗情怀，细分又可分为四种情况。一是表现宴会友朋相聚、饮酒清谈之乐，偏于人事方面。如孙绰："春咏登台，亦有临流。怀彼伐木，宿此良俦。修竹荫沼，旋濑萦丘。穿池激湍，连滥觞舟。"徐丰之："清乡拟丝竹，班荆对绮疏。零觞飞曲津，欢然朱颜舒。"二是直接言理抒怀的。如王羲之："悠悠大象运，轮转无停际。陶化非吾因，去来非吾制。宗统竟安在，即顺理自泰。有心未能悟，适足缠利害。未若任所遇，逍遥良辰会。"王凝之："庄浪濠津，巢步颍湄。冥心真寄，千载同归。"王徽之："先师有冥藏，安用羁世罗。未若保冲真，齐契箕山阿。"庾友："驰心域表，寥寥远迈。理感则一，冥然元会。"庾蕴："仰怀虚舟说，俯叹世上宾。朝荣虽云乐，夕毙理自因。"这类诗占的比重很大，语言枯燥晦涩，所说的道理也陈腐，是典型的玄言诗。三是把山水描写与体悟玄理相结合。如谢安："相与欣佳节，率尔同褰裳。薄云罗物景，微风翼轻航。醇醪陶元府，兀若游羲唐。万殊混一象，安复觉彭殇。"王彬之："鲜葩映林薄，游鳞戏清渠。临川欣投钓，得意岂在鱼。"四是主要描摹山水。如谢万的两首诗："肆眺崇阿，寓目高林。青萝翳岫，修竹冠岑。谷流清响，条鼓鸣音。元崿吐润，飞雾成阴。""司冥卷阴旗，句芒舒阳旌。灵液被儿区，光风扇鲜荣。碧林辉杂英，红葩擢新茎。翔禽抚翰游，腾鳞跃清泠。"孙统："地主观山水，仰寻幽人踪。回沼激中逵，疏竹间修桐。回流转轻觞，冷风飘落松。时禽吟长涧，万籁吹连峰。"

《兰亭诗集》的总体成就不高。这些名士平时更忙于清谈，缺乏作诗的训练，而集会作者又有时间限制，作出的诗歌自然水平有限。聚会有41人，而作诗不成的有16人，可见其诗才。《兰亭诗集》主旨、用词雷同的现象相当严重，这是因为这些名士生活优裕而极其狭窄，情感体验本就单一，又时时刻刻竭力保持自己名士的身份，在公众场合下所作的诗歌更是如此，读书也不广泛，主要是《老子》《庄子》。狭窄的情感体验、名士身份及《老子》《庄子》两本书，严重束缚了他们对现实生活和山水景观的感受，对外界视而不见，恰像玻璃缸中的金鱼，生活在透明但却与外界隔绝的环境中。眼前有活生生的山水，有聚会的热闹场景，心中却唤不起具体的感受，唯有古代几个著名的隐士、跟隐逸有关的典故，所以《兰亭诗集》里连篇累牍的是许由、巢父，曾子浴沂舞雩、庄子濠梁之游两个典故更是反复出现。王羲之"咏彼舞雩，异世同流"，王凝之"庄浪濠津，巢步颍湄"，袁峤之"古人咏舞雩，今也同斯欢"，虞悦"神散宇宙内，形浪濠梁津"，曹华"愿与达人游，解结遨濠梁"，桓伟"宣尼遨沂津，萧然心神王。数子各言志，曾生发奇唱"。

兰亭集会持久地引起后代文人的怀慕，更因为王羲之写了一篇《兰亭集序》。王羲之是书圣，书是妙品，文是至文，可谓书文合璧。

兰亭诗虽然艺术成就有限，但其中的写景诗、写景悟理抒怀的诗歌，却预示着山水诗的兴起。作为处于社会最高层的士族，在集会中要求作诗，无疑扩大了诗歌的影响，对诗歌在各阶层的普及起到了重要的促进作用。兰亭雅集对后代文人的生活情趣也产生了重要的影响，成为后代文人集会的一个样板。

第六章　慧远、陶渊明与庐山

东晋中后期出现了两位伟大的人物：高僧慧远及隐逸诗宗陶渊明。这两人又跟庐山密切相关。

庐山于1996年经联合国教科文组织世界遗产委员会批准以"世界文化景观"列入《世界遗产名录》。世界遗产委员会的评价是："江西庐山是中华文明的发祥地之一。这里的佛教和道教庙观，代表理学观念的白鹿洞书院，以其独特的方式融汇在具有突出价值的自然美之中，形成了具有极高美学价值的，与中华民族精神和文化生活紧密联系的文化景观。"庐山之所以能成为具有如此极富价值的文化景观，不能不追溯到东晋，尤其是慧远和陶渊明。

第一节　东晋佛教与中国传统社会的冲突与融合

佛教作为诞生于印度的异质宗教，自传入中国后，必然会与中国社会发生冲突。这种冲突主要发生在文化观念以及社会组织上。自汉到西晋，佛教发展缓慢，冲突不明显，但到了东晋，佛教发展极其迅猛，冲突变得明显，而融合的过程也相应地加速。

中国文化的基本特征是家族主义与等级观念，这两者是儒家意识形态的核心，也是中国传统社会的基础，礼制、道德、法律等都致力于维护这个核心和基础，但佛教却主张"出家"和众生平等。

《礼记·婚义》说："婚姻者合二姓之好，上以事宗庙，下以继后世。"从这两句最古老同时也是最权威的关于婚姻的定义里，我们看得很清楚，婚姻的意义只在于宗族的延续及祖先的祭祀，完全是以家族为中心的，无关个人的感情，也无关社会责任。两者的关系异常密切，有时是不可分的，但就重要性而言，祖先的祭祀更重要。为了使祖先能永享血食，必使家族永久延续，祖先崇拜是第一目的，或最终目的。在这种情形下，结婚具有宗教性，成为子孙对祖先的神圣义务，因而也不难理解为什么独身及无嗣被认为是一种愧对祖先的不孝行为。孟子说："不孝有三，无后为大。"便是这种精神的体现。但佛教徒不能结婚，当然更别提繁衍后代，他们理所当然地犯了最大的"不孝"。做到"孝"还不止这么简单。《孝经》说："身体发肤，受之父母，不敢毁伤，孝之始也；立身行道，扬名后世，以显父母，孝之终也。"佛教徒出家必定要举行剃度仪式，这在一开始便"不孝"了。更高层次的孝是要修身践行道德，使自己扬名后世，从而增添父母的荣耀。怎么做呢？《孝经》接着说："夫孝，始于事亲，中于事君，终于立身。"实现孝德，首先要服侍双亲，接着要服侍君主，忠孝两全，乃至扬名荣亲。而人一出家自然谈不上服侍父母，也谈不上服侍君主，根本谈不上孝。孝德是种种品行的根本，可是出家便完全抛弃了一个人所本应承担的家族责任，完全违背了"孝"这一最根本的伦理道德准则。

佛教作为一种外来文化，还受到汉族夷夏观念的抵制。在之后的刘宋、南齐，道教徒为了与佛教争地位，经常利用这一观念排斥佛教。顾欢的著名作品《夷夏论》是最集中的体现。但在东晋，佛教与道教冲突还不严重，基本上各行其是，严格区分夷夏的思想还不明显。

佛教与中国文化也有相当多可以相互沟通的地方。中国文化极度重视道德修身，甚至有人说中国的文化是一种道德文化。佛教也极为重视戒律。佛教的五戒是不杀生、不偷盗、不邪淫、不妄言、不饮酒，与儒家的仁、智、义、信、礼"五常"便有不少相似之处。佛教出世，魏晋玄学讲无为；东晋最盛行的佛教般若学讲中观，而玄学讲齐物，在人生价值观和思维方式等方面都相通。可以说魏晋玄学的盛行为佛教在中国的扎根提供了最好的思想环境。东晋人努力融合儒玄释，也多从这些方面着手。

正如荷兰学者许理和指出的那样："佛教不是并且也从未自称为一种'理论'，一种对世界的阐释；它是一种救世之道，一朵生命之花。它传入中国不仅意味着某种宗教观念的传播，而且是一种新的社会组织形式——修行团体即僧伽（Sangha）的传入。对于中国人来说，佛教一直是僧人的佛法。因佛寺在中国的存在所引起的作用力与反作用力、知识分子（intelligentsia）和官方的态度、僧职人员的社会背景与地位，以及修行团体与中古中国社会逐步整合（integration），这些十分重要的社会现象在早期中国佛教的形成过程中都起了决定性的作用。"① 这个僧伽团体不从事农业劳作，这当然不能为社会增加物质财富；还有许多特权，比如无须缴纳赋税，无须服役，也最大限度地不受世俗社会的礼制及国家法律的制约。随着东晋末期政治的极度腐败，以及佛教的迅猛发展，这个僧伽集团人数激增，也迅速堕落。桓玄辅政，欲沙汰众僧，发布《沙汰众僧与僚属教》："夫神道茫昧，圣人之所不言，然惟其制作所弘，如将可见。佛所贵无为，殷勤在于绝欲，而比者凌迟，遂失斯道。京师竞其奢淫，荣观纷于朝市。天府以之倾匮，名器为之秽黩。避役钟于百里，逋逃盈于寺庙。乃至一县数千，猥成屯落。邑聚游食之群，境积不羁之众。其所以伤治害政，尘滓佛教，固已彼此俱弊，实污风轨矣。便可严下：在所诸沙门，有能申述经诰，畅说义理者；或禁行修整，奉戒无亏，恒为阿练者；或山居养志，不营流俗者，皆足以宣寄大化，亦所以示物以道，弘训作范，幸兼内外。其有违于此者，皆悉罢道，所在领其户籍，严为之制。速申下之，并列上也。唯庐山道德所居，不在搜简之例。"（《弘明集》）桓玄指出佛教徒

---

① 许理和著，李四龙等译：《佛教征服中国》，南京：江苏人民出版社 2005年版，第 2 页。

本来是通过刻苦的修行断绝一切欲望，但现在所做的事却完全相反。京师的僧伽深深地陷入争财夺名的泥潭中，甚至干政乱政，使国库空虚，且败坏了国家的政治体制礼乐刑政。至于郡县的佛寺，成为逃避赋役、逃亡保命的避难所。总之，整个国家充斥着一群不事农业生产、游手好闲的人，充斥着一群争名夺利却不受礼乐刑政约束的人。因此他要对僧人进行淘汰，逼令还俗。当然，桓玄对佛教徒也不是全部淘汰，其中能阐释佛理、遵守戒律、山居养志的，以及慧远所主持的"庐山道德所居"，不在淘汰之列。对于桓玄的行为，南方佛教领袖慧远在总体上表示支持，因为这完全符合慧远的愿望，慧远《与桓太尉论料简沙门书》说道："佛教凌迟，秽杂日久。每一寻思，愤慨盈怀。常恐运出非意，混然沦湑。此所以夙宵叹惧，忘寝与食者也。见檀越澄清诸道人教，实应其本心。"（《弘明集》）慧远在信中对淘汰的对象、标准、实施方法提出了更具体可行的建议。桓玄立足于专制政治，慧远立足于佛教，立场不同；但桓玄看到了佛教有利于辅助治理社会的一面，而慧远也深刻意识到只有保持僧人队伍的纯洁性，才能在获得世俗社会认同的同时实现佛教"救世之道"的功能，所以他们都希望通过自己的努力，实现教权与皇权、佛教与社会"世道交兴""幸兼内外"。这是佛教与中国传统社会融合的重要方面。中国历史上，政权与佛教的有意识协作，桓玄与慧远是一个开端。

第二节　慧远与庐山教团的诗歌创作

一

慧远（334—416），俗姓贾，出生于雁门楼烦世代书香之家。13 岁便随舅父游学洛阳、许昌，精通儒学，尤擅老庄；21 岁时，偕同母弟慧持前往太行山聆听道安法师讲《般若经》，悟彻真谛，于是发心舍俗出家。以弘扬佛法为己任，日夜研读佛经，勇猛精进。道安也对他抱着极高的期望，认为他一定能使佛法在中国发扬光大。24 岁时已经可以登讲席讲解佛经，当时负有盛誉的高僧释道恒主张"心无义"，慧远也能当场给予彻底的反驳。他年纪轻轻便崭露头角，真可谓"桐花万里丹阳路，雏凤清于老凤声"。

释道安在襄阳传法，被前秦皇帝苻坚强邀至长安，临行前分遣弟子到各地传播佛法。释慧远南行至庐山，最终定居于此，直至逝世。慧远的功业主要有两方面。

一是营建东林寺，从事阿弥陀佛信仰。

慧远在当时江州刺史桓伊的支持下营建东林寺，"创造精舍，洞尽山美，却负香炉之峰，傍带瀑布之壑，仍（重也）石垒基，即松栽构，清泉环阶，白云满室。复于寺内，别置禅林，森树烟凝，石筵苔合。凡在瞻履，皆神清而气肃焉"（《高僧传·释慧远传》)。慧远最大限度地发挥了山峰、瀑布、石头、松树等自然条件,使人工的寺庙建筑与山水环境融为一体,达到令人精神清明脱俗而又庄严肃穆的效果。他又制作佛影龛供奉佛影。402年,慧远把社团里的僧俗信众召集到山北一座精舍的阿弥陀佛像前,和他们一起发愿往生弥勒净土。"这个仪式是中国早期佛教史上的一块重要的里程碑。这里出现一种特别注重信仰的教义,而庐山的僧俗信徒全都践履这种信仰,它也显然契合了俗家追随者的需要及其生活方式。"① 后世把这一事件当作净土宗创立的标志,而慧远也因此被认为是这一宗的初祖,还产生了"莲社十八贤"的传说。

二是慧远为传法、卫法做出了巨大贡献。

当时传播佛法最重要的是译经及义理解释。佛教经籍传入中国非常不完备,而所译的经典有些是节译的、有些不准确,因而慧远派遣弟子不远千里到西域访求梵本经典,只要有精擅翻译的外国高僧到来,他都会盛情邀请、资助他们从事翻译。比如到访庐山的小乘学者僧伽提婆,慧远请他翻译出《阿毗昙心论》及《三法度论》。又因为经文繁重、义理深奥,慧远以他精深博大的思想为基础,对经典进行择要节抄,又撰写大量经序,提要勾玄,对佛理的普及起到相当大的作用。尤其是西域高僧鸠摩罗什

---

① 许理和著,李四龙等译:《佛教征服中国》,南京:江苏人民出版社2005年版,第220页。

来到长安，慧远立刻致书通好，南北两位佛学大师书信来往，互相劝勉、交流切磋，对于推动南北佛教的发展起了重要作用。《高僧传》谓："葱外（葱岭之外）妙典，关中（长安）胜说，所以来集兹土（指南方的东晋）者，远之力也。"闻一多曾说，中国四千年历史里，老子与孔子、李白与杜甫的相会最为重大，最为神圣，最值得纪念，"该当品三通号角，发三通擂鼓，然后提起笔来蘸饱了金墨，大书而特书"①。慧远与鸠摩罗什的书信来往或许也应在这一大书特书的行列里。

在卫法方面，当时有人著论反驳佛教的三世因果论、神不灭论，也反对佛教徒袒服，慧远都著论给予反驳。桓玄凭借权势要求僧侣礼敬王者，他作论据理力争。他的《沙门不敬王者论》比较全面深刻地阐释了佛教的本质、功能及与儒家、政教等方面的关系。桓玄准备淘汰僧侣，慧远表示支持并提出更切实可行的措施建议。

东晋末年各种势力混战连连，慧远终身坚持对各派势力的平等、超然、不介入的态度。荆州刺史殷仲堪曾入山拜访慧远，两人清谈整日。后桓玄率军攻打殷仲堪，途经庐山，也入山拜访。桓玄"说征讨之意，远不答。玄又问：'何以见愿？'远云：'愿檀越安隐，使彼亦无他。'玄出山谓左右曰：'实乃生所未见。'"（《高僧传》）后来叛军首领卢循率军攻打京师，途经庐山，上山

---

① 闻一多：《唐诗杂论》，上海：上海古籍出版社 1998 年版，第 143 页。

参拜。慧远因为与卢循父亲有旧交情，不避朝廷猜疑他勾结叛党，加以接待。有僧人劝谏，慧远说："我佛法中，情无取舍，岂不为识者所察？此不足惧。"后来刘裕"追讨卢循，设帐桑尾。左右曰：'远公素主庐山，与循交厚。'宋武（刘裕）曰：'远公世表之人，必无彼此。'乃遣使赍书致敬，并遗钱米"。晋安帝经过浔阳，朝中权贵劝说慧远下山迎接拜见，慧远拒绝。慧远"卜居庐阜，三十余年，影不出山，迹不入俗，每送客游履，常以虎溪为界焉"（均见《高僧传·慧远传》）。

由于慧远的巨大魅力及时代等因素，僧人和士大夫从各地蜂拥而来，云集辐辏。庐山成了宗教中心，也成了佛教化的知识分子的集体归隐之地。"佛教哲学与玄学，禅定和超自然力崇拜，自然之美和禁欲生活、清谈，学术研究和艺术活动，与世无争和政治中立。许多有教养阶层的成员也多少了解佛教，并倾向于脱离宦海。对他们来说，庐山肯定代表了一种退身隐逸的理想，这里不仅是智慧之田，而且也是养心与安身的福田。"①

二

就现存的材料看，庐山教团的诗歌创作都是集体活动，主要有三次：一次是诸人共作同题《念佛三昧诗》，并编成了一诗集，

---

① 许理和著，李四龙等译：《佛教征服中国》，南京：江苏人民出版社 2005年版，第 232 页。

慧远作序。现仅存王乔之诗及慧远《念佛三昧诗集序》。第二次是慧远作《庐山东林杂诗》，刘程之、王乔之、张野等奉和。第三次是东晋隆安四年（400）仲春，慧远一行三十余人游览石门山，"遂共咏之"。当时作诗的数量应该不少，可惜现存仅剩下一首佚名的《庐山诸道人游石门》并序①。

　　这些诗歌的基本特点，可以从慧远《与隐士刘遗民等书》中看出，这封信几乎可以看作慧远教团文学创作的纲领。信中慧远首先表明自己的思想宗旨："每寻畴昔游心世典（指儒家经典），以为当年之华苑也。及见《老》《庄》，便悟名教是应变之虚谈耳。以今而观，则知沈冥之趣，岂得不以佛理为先？苟会之有宗，则百家同致。"慧远的思想有一个由儒家到道家再到佛教的过程。但他又认为假如有一个宗旨来对百家学说加以融会贯通，那么百家也可以趋向同一目的。他的这个思想立场，我们在上面分析慧远功业时，已经充分注意到了。他的立场也为弟子所遵奉，《高僧传》谓："远内通佛理，外善群书。夫预学徒，莫不依拟。"他在信中还要求刘遗民等人勤修斋戒："六斋日，宜简绝常务，专心空门。然后津寄之情笃，来生之计深矣。"他希望弟子通过持戒，增强对佛法作为解脱法门、对来生往生佛国净土的信仰。最后他要求"若染翰缀文，可托兴于此"。作文所要表达的

---

　　① 顾祖禹《方舆纪要》认为是慧远所作，严可均辑《全晋文》则归为佚名僧人。这篇诗序文字华丽，与慧远现存的《庐山记》《游山记》的差异甚大，不太可能是慧远所作。

"兴"即上面所说的"佛理为先","百家同致","津寄之情笃，来生之计深"。慧远《庐山东林杂诗》曰：

> 崇岩吐清气，幽岫栖神迹。
>
> 希声奏群籁，响出山溜滴。
>
> 有客独冥游，径然忘所适。
>
> 挥手抚云门，灵关安足辟。
>
> 流心叩玄扃，感至理弗隔。
>
> 孰是腾九霄，不奋冲天翮。
>
> 妙同趣自均，一悟超三益。

首四句写庐山景观，有高耸的山岩、幽深的洞穴以及山林间的种种声响。以下写游庐山的过程及感悟。用语偏僻晦涩，但大意还是清楚的。"云门""灵关""玄扃"比喻悟理过程的种种障碍，"抚""辟""叩"是克服障碍的过程，最后达到"感至理弗隔"，也即心灵通过感应能力而领悟佛理，与理融合为一。所悟之"理"是什么呢？就是"妙同趣（同'趋'）自均（相同）"，也即慧远所谓的"苟会之有宗，则百家同致"。最后慧远强调，通过游山玩水悟理胜过朋友的相互切磋。"三益"指"友直"（正直）、"友谅"（诚信）和"友多闻"（知识广博）三类益友。《庐山诸道人游石门诗》记：

超兴非有本，理感兴自生。

忽闻石门游，奇唱发幽情。

褰裳思云驾，望崖想曾城。

驰步乘长岩，不觉质自轻。

矫首登灵阙，眇若凌太清。

端坐运虚轮，转彼玄中经。

神仙同物化，未若两俱冥。

　　这首诗所展现的游山的过程就是悟理的过程，但是所说的理陈腐无新意。又因为理早已顽固地横亘心中，像戴着墨镜一样，不能直接观察感受山水，因而写山写水也写不出山水的特色，或者说根本不注重具体的山水；不直接面对具体的山水，不直接面对自己心中的感受，自然就没有比较新颖的意趣，最终感悟到的还是早已存在心中的理。这就是"理障"。

第三节　欣慨交集——陶渊明的诗心

一

　　陶渊明是居住在浔阳柴桑里的一个隐士，他的远祖是东晋功臣陶侃，官至大司马，封长沙郡公，但这个荣耀的祖先并未给他增添多少光彩。陶渊明这一支并非嫡系，祖、父官职并不高，且性情比较淡泊。经过几代传承之后，不要说社会其他人，就是他的嫡系本宗，也大概不知道有陶渊明这个人了。陶渊明曾在浔阳偶然遇到袭了长沙公爵位的陶延寿，当时的情形，他在《赠长沙公并序》中有介绍："余于长沙公为族祖，同出大司马。昭穆既远，以为路人。经过浔阳，临别赠此。"陶渊明与陶延寿都同为陶侃后代，论辈分，陶渊明还是陶延寿的族祖，但世系已远，完全变成陌生人了。他又说："同源分流，人易世疏。慨然寤叹，念兹厥初。"想到两人虽同宗却已经随世事变迁而形同路人，遂生出无限感慨。

陶渊明家世不显赫，性情恬静。很晚才出仕，但都不得意。时仕时隐，先后做过江州的祭酒以及当时几个将领的参军，最后于彭泽令上辞职，自此终身拒绝离开田园。辞掉彭泽县令，对陶渊明而言，是人生的转折点，但彭泽县令是一小官职，他本人社会地位不高，这件事对当时政治也无多影响，为何却成了后代官员辞职的一面旗帜、一种宣言呢？

陶渊明辞官并非被迫，完全是主动舍弃的姿态。更重要的是，他"不能为五斗米折腰，拳拳事乡里小人"的慷慨言辞，含义丰富。督邮的官职比县令高，乡里小人意味着粗鄙无文化，把督邮当作乡里小人，体现出的是知识、道德修养高于政治地位的价值标准。在以官本位为特色的漫长的封建社会中，政治地位始终是衡量一个人社会地位高低的最主要标准，陶渊明的话喊出了广大贫寒、失意知识分子的心声，成为他们维护自尊的精神武器。并且，陶渊明写出了《归去来兮辞》、《归园田居》（五首）等一系列伟大作品，赋予辞官以极其丰富的精神意义。此外，陶渊明此次辞官后，经受着长期的物质及精神折磨，尚能恪守初衷，风骨凛然，也赢得后人的普遍尊敬。陶渊明为知识分子提供了精神支撑，成为精神堡垒。

二

陶渊明就住在庐山脚下。当时的庐山佛寺林立，尤其是慧远所主持的东林寺，更是佛教圣地。与陶渊明并称"浔阳三隐"的刘遗民、周续之是虔诚的佛教徒，随慧远在庐山修行，但陶渊明并没有皈依佛教。

人生如同苦海，这是佛教对人生的根本看法。佛教经籍教义繁多，宗派林立，但都围绕"四圣谛"展开。谛是真理的意思，"四圣谛"即"苦谛"（说世间的苦）、"集谛"（说苦的原因）、"灭谛"（说苦的消灭）和"道谛"（说灭苦的方法）。佛教徒仅体验到人生的种种痛苦，所以需要寻求解脱，但陶渊明在体验到人生痛苦的同时，也深刻体验到人生的乐趣，更准确的是，他是"欣慨交心"，自然无须出家。

佛教讲人生之苦，有生、老、病、死、苦（爱别离苦、怨憎会苦、求不得苦等），这几种苦陶渊明都遍尝过。我们看他的《怨诗楚调示庞主簿邓治中》：

天道幽且远，鬼神茫昧然。结发念善事，僶俛六九年。
弱冠逢世阻，始室丧其偏。炎火屡焚如，螟蜮恣中田。
风雨纵横至，收敛不盈廛。夏日长抱饥，寒夜无被眠。
造夕思鸡鸣，及晨愿乌迁。在己何怨天，离忧凄目前。
吁嗟身后名，于我若浮烟。慷慨独悲歌，钟期信为贤。

东晋后期战乱频繁，长江边的浔阳郡是军队来往必经之地，所以陶渊明在青年时便饱受战乱之苦。30岁时丧偶。后来归隐，躬耕谋生，可是屡屡遇到旱灾、虫灾及风雨灾害，谷物收成不够维持一家人食用。寒冬晚上缺被少褥，根本无法入睡，夏天不冷了，却缺少粮食，必须忍饥挨饿。到了晚上，盼望鸡叫天亮，因为白天暖和些；可是真的到了清晨，醒着时又饥饿难挨，又想着太阳快点下山，入睡忘了饥饿的感觉。身后之名，就像浮云一样，他不在乎；都说天道鬼神能保佑善人惩罚恶人，可他自十五六岁起便立志要行善，到现在也已经努力了五十多年，可是为什么行善却得到恶报呢？但是现在他不去怨天，对他而言，更迫切的是如何解决目前的困境，获取维持生存所必需的衣食。战乱、丧妻、极端的物质匮乏，以及不倦行善却得恶报的不公正，陶渊明岂不苦？《戊申岁六月中遇火》："草庐寄穷巷，甘以辞华轩。正夏长风急，林室顿烧燔。一宅无遗宇，舫舟荫门前。"他拒绝与达官贵人交往，居住在偏僻里巷的草庐里，他心甘情愿。可是戊申年夏天的一场严重大火，把他的房子烧成废墟。他只能把门

前的船当成家。他甚至要乞食："饥来驱我去，不知竟何之？行行至斯里，叩门拙言辞。"（《乞食》）

但陶渊明能在极平常枯燥的日常生活中时时感到乐趣。他"好读书，不求甚解，每有会意，便欣然忘食"，"奇文共欣赏，疑义相与析"，这两句把读书之乐说得既深刻又亲切。他对于常见的自然景物有着挚爱之情。"有风自南，翼彼新苗"，初生稻苗在温暖南风的吹拂下，像小鸟挥动翅膀一样，令他欣欣鼓舞。躬耕生活对他而言也有着亲切的乐趣。《癸卯岁始春怀古田舍二首》：

在昔闻南亩，当年竟未践。屡空既有人，春兴岂自免。凤晨装吾驾，启途情已缅。鸟哢欢新节，泠风送余善。寒竹被荒蹊，地为罕人远。是以植杖翁，悠然不复返。即理愧通识，所保讵乃浅。（其一）

先师有遗训，忧道不忧贫。瞻望邈难逮，转欲志长勤。秉耒欢时务，解颜劝农人。平畴交远风，良苗亦怀新。虽未量岁功，即事多所欣。耕种有时息，行者无问津。日入相与归，壶浆劳近邻。长吟掩柴门，聊为陇亩民。（其二）

两首都写田园耕作及风光之乐。第一首所怀的古人为荷蓧丈人，第二首为长沮、桀溺。这几人都是躬耕的隐士，在隐居地碰到周游列国的孔子及其弟子，双方有所接触交谈。荷蓧丈人批评孔子"四体不勤，五谷不分"，而子路认为君臣之义是最根本的伦理原则，君子出仕就是为了履行这种责任，而隐士"不仕无义"，"欲洁其身而乱大伦"。桀溺、长沮认为天下大乱无法治理，不如避世隐居。孔子非常感慨地说："鸟兽不可与同群，吾非斯人之徒与而谁与？天下有道，丘不与易也。"（《论语·微子》）这几位受到儒家批评的隐士却是陶渊明效法的对象。

《子路问津图》，表现子路向正耦耕的长沮、桀溺询问津渡情形

两首诗的开头分别提到颜回和孔子。"屡空既有人"指的是颜回，他物质极其匮乏，却道德崇高，安贫乐道，最终因贫困而早夭。"先师"指孔子，他训导学生，真正担忧的是不能闻道而不是贫困。陶渊明都反对，但他反对的理由跟桀溺、长沮等不同，陶渊明认为躬耕是必要的，而且田园生活和风光有不可代替的乐趣。"寒竹被荒蹊，地为罕人远"，地方的偏僻正是隔断世俗

喧嚣的天然屏障;"鸟哢欢新节,泠风送余善","平畴交远风,良苗亦怀新",鸟兽植物与人同样生机萌动、欢欣愉悦,心与物妙合无间;"秉耒欢时务,解颜劝农人","日入相与归,壶浆劳近邻",与农人邻里的关系又是如此亲密;"虽未量岁功,即事多所欣",虽然秋年谷物的收成还不清楚,但目前所碰到的事物都是那样的令人欣喜。

陶渊明对人也充满深情。我们看他与朋友的赠答诗,没有一般此类诗比比皆是的溢美谬赞,有的却是情深意笃的叙旧与劝勉,这可以看出他确实是在交友而不是在交际应酬。他的孝思可从他的行役诗里感受到。陶渊明在诗中更多表现他对子女的慈爱,"大欢惟稚子","弱女虽非男,慰情聊胜无","稚子戏我侧,学语未成音。此事真复乐,聊用忘华簪",这可以令人想象到他怎样了解而且享受团聚之乐。如果对于儿童没有深厚的同情,或是自己没有保持儿童的天真,都绝说不出这样简单而深刻的话。他做官时曾遣一个人帮助儿子砍柴挑水做杂活,信中还不忘嘱咐儿子"此亦人子也,可善待之"(萧统《陶渊明传》),简单的话,流露出的却是推己及人的仁心。

陶渊明《杂诗》其一:"人生无根蒂,飘如陌上尘。分散逐风转,此已非常身。落地为兄弟,何必骨肉亲。得欢当作乐,斗酒聚比邻。盛年不重来,一日难再晨。及时当勉励,岁月不待人。"诗写聚集邻居饮酒作乐,"落地为兄弟,何必骨肉亲"是充满温情的话,可诗其实蕴藏着极深的感慨,因为这种乐是建立在人生漂泊脆弱、短暂易逝上的。他的代表作是《饮酒》二十首，最著名的是第五首，"采菊东篱下，悠然见南山"，形象超脱闲逸，几乎成为陶渊明的化身。但我们看他自道《饮酒诗》的创作情况："余闲居寡欢，兼比夜已长，偶有名酒，无夕不饮，顾影独尽。忽焉复醉。既醉之后，辄题数句自娱，纸墨遂多。辞无诠次，聊命故人书之，以为欢笑尔。""偶有名酒，无夕不饮"那自然是非常快乐了，但那是因为"闲居寡欢，兼比夜已长"，饮酒是"顾影独尽"，说不出的孤独寂寞。他说他写诗只是醉酒时随意写些醉话，那是为了"自娱"，让故人抄写阅读，那是"以为欢笑"，但其实这些诗是他苦心经营所得，集中展现了自己的人格、精神，渴望为真正的知音所理解，自娱娱人的背后潜藏的是知音难觅的浓厚落寞感。① 朱光潜对于陶渊明的心境有精辟的概括："总之，陶渊明不是一个简单的人，这就是说，他的精神生活很丰富。他的《时运》诗序中最后一句话是'欣慨交心'，这句话可以总结他的精神生活。他有感慨，也有欣喜；惟其有感慨，那种欣喜是由冲突调和而彻悟人生世相的欣喜，不只是浅薄的嬉笑；惟其有欣喜，那种感慨有适当的调剂，不只是奋激佯狂，或是神经质的感伤。他对于人生悲喜两方面都能领悟。"②

陶渊明对于历史、社会的看法比较悲观，但他所向往的理想

---

① 请参阅拙作《自传与陶渊明的诗歌改革》，《名作欣赏》（中旬刊）2015年第9期。

② 朱光潜：《诗论》，上海：上海古籍出版社2001年版，第212页。

社会不是佛国净土，而是桃花源。桃花源虽然是理想化的乌托邦，但它的根毕竟仍在于现世。

《饮酒》组诗的最末一首能很好地帮助我们理解陶渊明对现实的感受及对古代的向往。诗曰：

> 羲农去我久，举世少复真。汲汲鲁中叟，弥缝使其淳。
> 凤鸟虽不至，礼乐暂得新，洙泗辍微响，漂流逮狂秦。
> 诗书复何罪？一朝成灰尘。区区诸老翁，为事诚殷勤。
> 如何绝世下，六籍无一亲。终日驰车走，不见所问津。
> 若复不快饮，空负头上巾。但恨多谬误，君当恕醉人。

在陶渊明看来，人类社会处于一个不断堕落、每况愈下的过程，其判断的标准在于人性的纯真程度。这个过程存在着两种势力的斗争，一是挽救人性的圣王伏羲神农、孔子、汉儒等，二是败坏人性的狂秦、终日汲汲追逐名利而不问真正出路的人。双方或挽救或毁坏的手段在于对礼乐六经的态度，要么竭力整理传承，要么焚毁漠视。这里，我们可以看到隐渊明的社会观念，他秉持一种社会退化观，他所看重的是人性而非物质生活及技术的进步，由于重视人的精神，故而特别重视文化。当然，这里也可以看到陶渊明同魏晋士族一样的调和儒道的思想。儒家推崇的理想社会是尧舜而非更远古的伏羲神农，对人性淳朴的期盼是道家而非儒家。这样，儒家的孔圣人、汉儒，代表着儒家文化的礼乐六经，成了达到道家理想的手段，这也算是一种殊途同归，只不过这个归宿是道家所期待的保持着人性真淳的上古社会。《桃花源诗》：

　　嬴氏乱天纪，贤者避其世。黄绮之商山，伊人亦云逝。往迹浸复湮，来径遂芜废。相命肆农耕，日入从所憩。桑竹垂余荫，菽稷随时艺。春蚕收长丝，秋熟靡王税。荒路暧交通，鸡犬互鸣吠。俎豆犹古法，衣裳无新制。童孺纵行歌，班白欢游诣。草荣识节和，木衰知风厉。虽无纪历志，四时自成岁。怡然有余乐，于何劳智慧！奇踪隐五百，一朝敞神界。淳薄既异源，旋复还幽蔽。借问游方士，焉测尘嚣外。愿言蹑清风，高举寻吾契。

　　从诗艺角度看，这首写得并不十分出色。概念化比较严重，像"俎豆犹古法，衣裳无新制。童孺纵行歌，班白欢游诣"，描写祭祀服饰、老少娱游等未见精彩，至于"往迹浸复湮，来径遂芜废"，两句意思重复，换词不换意，是为对偶而对偶。《桃花源诗》的最大价值在于明确地揭示了桃花源理想社会的社会特征，如果没有这种揭示，桃花源恐怕无法成为理想国的代名词。"淳薄既异源"一句，是整首诗的点睛之笔，说明了桃源世界与世俗社会的根本区别在于人性是淳厚还是浇薄，这种不同的根源在于哪里呢？在于人类的活动能否遵循自然的秩序。自从秦朝扰乱了天纪之后，世俗社会便日益违背天纪而日趋混乱，而桃源世界由于躲进了一个封闭的世界，得以保存着源于上古的朴质人性。"相命肆农耕，日入从所憩"，"桑竹垂余荫，菽稷随时艺"，日出而作，日落而息，随着不同的季节种植不同的农作物。甚至是"草荣识节和，木衰知风厉"，人们根据草木的生长开花和衰败枯萎来感受节气的和谐或风的猛烈，并无须依赖推步、日晷、风侯等知识及工具认识大自然。"虽无纪历志，四时自成岁"，四时交替而自然成一年岁，又何须纪历志呢？早期人类与大自然的联系非常紧密，那是因为人类的活动、知识技能非常简单。纪历志的出现是人类天文历法、数学计算技术进步的结果，更深层的动力是人类事务的日趋繁多，需要更准确的时间观念来作合理的时间安排。但人类的活动越繁多，则越专注于社会本身并促使社会与自然的分离，人类的科学技术越进步则对自然的依赖度越低。两者都造成了社会与自然的日趋脱离，比如对时间的把握，这点现代人的体会更加明显。我们通过钟表、日历准确把握时间及季节的轮换、通过温度计准确把握寒暑的变化，因而我们无须去感受、认知日月星辰及云雾花草等的变化，而一般的昼夜寒热明晦等变化也构不成对我们活动的影响。但是我们也受到时间更多更严厉的束缚，上班下班、上学放学、法定假期、商谈会晤、缴纳各种费用的期限等，驱赶着我们像机械一样不停地劳作。总之，人类的活动越简单，人类的知识技能越简单，人与自然的联系便越紧密、越有着共同的律动；人类的活动越繁多、知识技能越进步，越日益创造出更鲜明的社会自身，在日益脱离自然的同时，也会越束缚着人类这一社会的创造者。这确乎是一个悖论，是人类在获得更多自主能力的同时必须付出的代价，如果人类靠耕作能满足基本的物质生活需要，质朴的本性使得人际关系和谐，在与自然的共同律动中获得平静，那么我们是否需要耕作技术、时间计算技术的进步？是否需要在人类之上建立庞大的政府机构来管理统治？政府是否需要征税，无论是用于统治者的物欲生活还是支付社会管理的费用？这便是陶渊明提出"怡然有余乐，于何劳智慧"的根据。智慧仅仅是手段，而非目的。

"季路问事鬼神。子曰：'未能事人，焉能事鬼？''敢问死。'曰：'未知生，焉知死？'"（《论语·先进》）在孔子看来，有两个世界，一个是人类的、活着的现世，一个是鬼神、死后的世界。他强调懂得事人才懂得事鬼、知生才能知死，事人知生是事鬼知死的前提、途径。梁漱溟在《东西文化及其哲学》一书中说，"生"是儒家的核心观念，"孔家没有别的，就是要顺着自然道理，顶活泼顶流畅的生活"。"他只管当下生活的事情，死后之事他不管的。"孔子提供的是事鬼知死的方法途径，并非直接的答案，他对另一个世界避而不谈，他不语"怪、力、乱、神"。佛教不同。佛教谈得非常多，也非常具体明确，言之凿凿、信誓旦旦。死后的世界分为"六道"（天道、人道、阿修罗道、畜生道、饿鬼道、地狱道）及佛国。人的灵魂不死，所以不是一了百了，它必然转世投胎，故有前世、今世、来世"三世"。但转世不一定成为人，它根据生前善恶的"业"，分别进入"六道"中的一道或佛国。陶渊明对于生死、现世来生怎么看呢？他临终前做了一篇《自祭文》，回顾总结了一生，他认为可以无憾。确实，陶渊明执着于生，全身心地拥抱生命、体验着生存，因此他才能开创田园诗，他的精神修养和诗文创作都达到自然的高度。《自祭文》最后说："人生实难，死如之何？"对于死后如何，他也相当困惑。他大概在困惑他是否能名声不朽，后人如何理解、评价他吧。他的疑问似乎针对佛教而发，因为佛教明确地指明了死后所去的地方，但陶渊明并不太相信，提出"死如之何"的疑问。

生与死、现世与鬼神世界的关系是人生的根本问题，因而也是哲学、宗教学的根本问题，陶渊明、慧远以及其他中西哲人对此都进行了深入的思考。陶渊明并未如佛教一样仅注意到人生苦的一面，他也体验到人生之乐，人生有苦有乐；陶渊明对历史发展的每况愈下深感失望，但他探索出桃花源的理想社会，也努力地把自己的田园躬耕生活创造成理想的乐园。退化的人类历史、污浊的社会、理想中的桃花源、安逸的田园，四者交集于心中，他的心境是"欣慨交集"的。他的这种心境是他不愿皈依佛教的重要原因，表现这种心境是他诗文的重要内容，也是他诗文的重要价值。

第四节　莲社与"虎溪三笑"

关于庐山，关于东林寺，有两个非常优美脱俗的、富于文化内涵的传说，即"莲社十八高贤"和"虎溪三笑"。这两个故事在宋代陈舜俞的《庐山记》中有较详细的记载，历代的文人、画家和雕塑家对这个故事心驰神往，创作了相当多的艺术作品，其中不乏传世佳作。

据《庐山记》记载，东晋元兴元年（402），慧远法师邀集123人，在阿弥陀佛像前建斋立誓，创建白莲社，令刘遗民著《发愿文》，专修念佛三昧，期往西方净土。其中最著名者，世号十八高贤，由是，东林寺历代刻有十八高贤像供奉于寺。

宋李公麟《十八贤图》，本图载《卍续藏经》第135册《东林十八高贤传》卷首。此图原本分为三幅，现经对扫描文件的拼合、修整而为一整幅

"莲社十八高贤"是一个半真半假的故事。慧远等人因深深惊恐于三世六道轮回之痛苦,渴望解脱,因而在阿弥陀佛前集体发愿来生往生净土,这是事实。十八高贤为刘程之、雷次宗、周续之、宗炳、张诠、张野六位士大夫隐士;道昺、昙恒、慧睿、昙诜、道敬、道生、昙顺七位中国僧人;跋陀罗、耶舍两位外国僧人;还有慧远、慧永、慧持。这十八人均是历史人物,但他们是否都参与这次发愿却不一定。而且,据汤用彤的考证,慧远等人并未结社,把此社称为"莲社"就更是无稽之谈了。但这种附会并非毫无依据,也并非毫无意义。

慧远是中国佛教发展史上的一位非常重要的高僧,他是中国早期士大夫佛教的最彻底的终结者,也是在诸多方面启动中国佛教发展下一阶段的关键。他率众发愿的仪式,是一个特别重视信仰的、地地道道的佛教仪式,并未与中国固有的观念、习惯直接相关或掺杂不清。这是一个里程碑式的事件,因此,后来发展起来的净土宗便把慧远尊奉为初祖,净土宗也有了"莲宗"的雅称。

莲花是佛教非常重要的法物,是纯洁高贵的象征。《普曜经》说佛陀诞生前有三十二种瑞应,第二种是"陆地生青莲华大如车轮",诞生时从母亲"右胁生,忽然见(通'现')身住宝莲华"。《杂宝藏经·鹿女夫人缘》说鹿女每步迹有莲花,后为梵豫国王第二夫人,生千叶莲花,一叶有一小儿,得千子,为贤劫千佛。《无量寿经》说"佛入世行七步,步步生莲"。

无论是释迦牟尼、贤劫千佛还是无量寿佛,他们庄严圣洁的诞生时刻都跟莲花密切相关。当我们走进佛寺，也便进入了莲花的世界。大雄宝殿中的佛祖释迦牟尼、被誉为"西方三圣"之首的阿弥陀佛和大慈大悲观世音菩萨，都是结跏趺坐在莲花之上，低眉微笑，静谧祥和、纯洁超脱如莲花。其余的菩萨，有的手执莲花，有的脚踏莲花，或作莲花手势，或向人间抛洒莲花。寺庙墙壁、藻井、栏杆、神帐、桌围、香袋、拜垫之上，也到处雕刻、绘制或缝绣各种各色的莲花图案。

佛教经典、中国佛教的宗派也与莲花密不可分。大乘经典《法华经》，是天台宗的根本经典，全名是《妙法莲华经》。"妙法"指本经所阐说的义理精奥微妙，不可思议。莲花有"微妙香洁"的功德。"微妙"代表智慧，"香洁"代表慈悲德行，譬喻大乘菩萨智悲双开，为悲悯众生而发宏愿，于五浊恶世中行难忍之行救度众生，却又不为五浊所染，如同莲花生于淤泥之中却不为其所染。东晋释僧睿在《法华经后序》中说："诸华之中，莲华最胜。华而未敷（盛开），名屈摩罗；敷而将落，名迦摩罗；处中盛时，名分陀利。未敷喻二道；将落譬涅槃；荣曜独足，以喻斯典。"法藏把莲花的象征含义说得最为透彻。他在《华严经探玄记》卷三专门讲莲花："大莲华者，梁摄论（指唯识宗的经典《摄大乘论》）中有四义。一，如世莲花，在泥不染，譬法界真如，在世不为世法所染。二，如莲华自性开发，譬真如自性开悟，众生若证，则自性开发。三，如莲华为群蜂所采，譬真如为众圣所用；四，如莲华有四德，一香、二净、三柔软、四可爱，

譬真如四德，谓常乐我净。"又如华严宗，依据的最主要经典是
《华严经》。"华"就是花，开花，"严"指契合佛教的义理，结
出悟解的果实，总的意思是指佛教义理在修行中开出花朵，结出
法性智慧的果实。

文人喜欢结社吟诗，以慧远为首的庐山教团本来就有多次游
山作诗的事，再加上莲花对于佛教的重要性，后人理所当然地认
为他们结社并给它取个"莲社"的雅称是顺理成章的事。在后代
士大夫阶层的观念中，佛教徒的清修与士大夫的隐逸生活，宗教
行为与诗歌吟咏本来便往往合而为一的。

慧皎《高僧传》提到慧远居庐山三十余年，"影不出山，迹
不入俗。每送客游履，常以虎溪为界"，于是后人又有了"虎溪
三笑"的说法。《庐山记》卷一："昔远师送客过此，虎辄号鸣，
故名焉。时陶元亮居栗里山南。陆修静亦有道之士。远师尝送此
二人，与语道合，不觉过之，因相与大笑。今世传《三笑图》，
盖起于此。"许多佛教典籍都有记载，如《大宋僧史略》卷下、
《隆兴佛教编年通论》卷八、《佛祖统纪》卷二十六、卷三十六、
《释氏通鉴》卷三、《释氏资》鉴卷二、《释氏稽古略》卷二等书
中皆有载述。

但三人的这段因缘应是一段虚构的美丽传奇，因为慧远逝世
时陆修静才 11 岁。就思想信仰而言，陶渊明不信佛，而陆修静
为南朝早期道教领袖，其时正处于道教与佛教争衡激烈的时候，
不可能出现那样的交流投机忘情的场面。何以历来许多专家学者

都深信不疑？为何这个传说会受到如此持续的厚爱？这应该是跟自齐梁以后三教合一的思想文化心态密切相关吧。

三教冲突不利于社会团结繁荣，也容易造成个人内心的紧张矛盾，因而三教合一成为主流。以佛教圣地少林寺为例，千佛殿西侧是具有道教色彩的地藏殿，殿内南北两面供十大阎罗王神位，后壁绘制有浓厚儒教色彩的《二十四孝图》；钟楼前有嘉靖四十四年（1565）明宗室朱载堉所立的《混元三教九流图赞碑》，刻有《混元三教九流图》，画面是释迦、孔子、老子三圣合体像，图赞中写道：“三教一体，九流一源；百家一理，万法一门。”清代唐英（号蜗寄）题庐山东林寺“三笑庭”对联：“桥跨虎溪，三教三源流，三人三笑语；莲开僧舍，一花一世界，一叶一如来。”意谓三教各有其源与流，慧远、陶渊明、陆静修所笑也各有其不同，但最终又可统一于佛教。这是站在佛教立场上的三教圆融思想。儒家自然主张以儒家为主而汇通三教，如明宪宗以虎溪三笑为题材而绘制的《一团和气图》并《御制一团和气图赞》。图画乍看是一笑面弥勒团膝而坐，双手伸出宽大的袖口作环抱状，细看则其实是一佛徒一儒生一道士相抱而笑。中间僧侣为慧远，左边道士为陆静修，右边儒士为陶渊明，其《御制一团和气图赞》谓：“朕闻晋陶渊明乃儒门之秀，陆修静亦隐居学道之良，而慧远法师则释氏之翘楚者也。法师居庐山，送客不过虎溪。一日，陶、陆二人访之，与语，道合，不觉送过虎溪，因相与大笑，世传为三笑图，此岂非一团和气所自邪？试挥彩笔，题识其上：'嗟世人之有生，并戴天而履地。既均禀以同赋，何彼殊而此异？唯凿智以自私，外形骸而相忌，虽近在于一门，乃远同于四裔。伟哉达人，遐观高视；谈笑有仪，俯仰不愧。合三人以为一，达一心之无二。忘彼此之是非，蔼一团之和气。噫！和以召和，明良（明君贤臣）其类。以此同事事必成，以此建功功必备。岂无斯人，辅予盛治？披图以观，有慨予志。聊援笔以写怀，庶以誉俗而励世。'"其大意为三教应超越于彼此是非，合而为一。图名为"一图和气图"，"和"为中国哲学、文化的核心观念。《御制一团和气图赞》中又号召有中和性情的明君贤臣能相互感召，共同协作以达到盛治局面。以儒家中庸思想为根基统摄佛道而达到盛治的目的，反映的是皇权巩固儒家作为国家意识形态的要求。总体上而言，三教虽各坚持自己的主导地位，但三教合一已是共识。

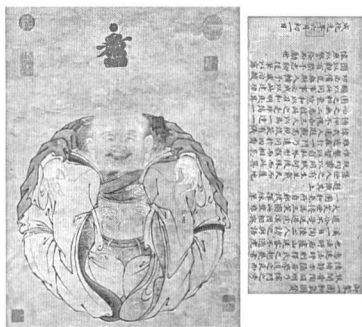

明宪宗朱见深《一团和气图》及《御制一团和气图赞》

历史的实际需求，通常不是以后证先，而是以先证后，因此，历史往往被后人扭曲、改造，这种文化现象在中外文化史上屡见不鲜。正是在这个意义上，才有了意大利哲学家克罗齐那深刻的洞见："一切历史都是当代史。"（《历史学的理论和实际》）其实我们宁愿相信，或者说即使有疑问也不想深究，光想想那三个人，光想想那情景：三个文化伟人，超越了年龄，超越了宗教信仰，做忘情的清谈，甚至即兴赋诗；庐山深秀、溪涧潺湲，虎辄号鸣。这种情景岂不令人产生无限遐想、令人心驰神往？三教合一、人类与自然的融合，岂不是庐山、魏晋乃至中国传统文化的一个象征、一个缩影？

参考文献

1. 范晔著，李贤等注：《后汉书》，北京：中华书局 1965 年版。

2. 陈寿著，裴松之注：《三国志》，北京：中华书局 1959 年版。

3. 房玄龄等：《晋书》，北京：中华书局 1974 年版。

4. 庄子著，郭庆藩集释：《庄子集释》，北京：中华书局 2004 年版。

5. 释僧祐著，李小荣校笺：《弘明集校笺》，上海：上海古籍出版社 2013 年版。

6. 释慧皎著，汤用彤校注：《高僧传》，北京：中华书局 1992 年版。

7. 严可均辑，许振生审订：《全后汉文》，北京：商务印书馆 1999 年版。

8. 严可均辑，马志伟审订：《全三国文》，北京：商务印书馆 1999 年版。

9. 严可均辑，吴福祥、厚艳芬审订：《全晋文》，北京：商务印书馆 1999 年版。

10. 逯钦立辑校：《先秦汉魏晋南北朝诗》，北京：中华书局 1983 年版。

11. 曹植著，赵幼文校注：《曹植集校注》，北京：人民文学出版社 1984 年版。

12. 王弼著，楼宇烈校注：《王弼集校释》，北京：中华书局 1980 年版。

13. 阮籍著，陈伯君校注：《阮籍集校注》，北京：中华书局 2012 年版。

14. 嵇康著，戴明扬校注：《嵇康集校注》，北京：中华书局 2014 年版。

15. 陶渊明著，袁行霈笺注：《陶渊明集笺注》，北京：中华书局 2003 年版。

16. 刘义庆著，余嘉锡笺疏：《世说新语笺疏》，北京：中华书局 2007 年版。

17. 钟嵘著，曹旭笺注：《诗品笺注》，北京：人民文学出版社 2009 年版。

18. 刘勰著，杨明照校注：《文心雕龙校注拾遗》（增订本），北京：中华书局 2000 年版。

19. 冯友兰：《中国哲学史新编·中卷》，北京：人民出版社 1998 年版。

20. 徐公持：《魏晋文学史》，北京：人民文学出版社 1999

年版。

　　21. 许理和著，李四龙等译：《佛教征服中国》，南京：江苏人民出版社 2005 年版。

　　22. 钱钟书：《管锥编》，北京：生活·读书·新知三联书店 2008 年版。

　　23. 汤用彤：《汉魏两晋南北朝佛教史》，武汉：武汉大学出版社 2008 年版。

　　24. 陈寅恪：《魏晋南北朝史讲演录》，贵阳：贵州人民出版社 2008 年版。

　　25. 田余庆：《东晋门阀政治》，北京：北京大学出版社 2009 年版。

　　26. 汤一介：《郭象与魏晋玄学》，北京：北京大学出版社 2009 年版。

　　27. 钱志熙：《中国诗歌通史·魏晋南北朝卷》，北京：人民文学出版社 2012 年版。